내 친구는 나르시시스트

내 친구는
나르시시스트

조영주 지음

생각
학교

차례

프롤로그

열다섯 윤해환의 책장에는 똑같은 디자인의 노트가 나란히 꽂혀 있다. 노트의 제목은 '일기장'이다.

해환은 '2023년 11월 2일~'이라고 적힌 노트를 꺼내 펼친다. 빈 페이지를 가만히 바라보다가 다시 집어넣고, 그 옆에 있는 새 노트를 꺼낸다. 제목에 '일기장'이라 쓰고 그 아래에는 '2024년 3월 24일~'이라고 적은 뒤 첫 페이지를 편다.

2024년 3월 24일 일요일

오랜만에 일기를 쓴다. 올해 처음이라니! 예전의 나를 생각하면 말도 안 되는(!) 일이다. 나는 일기 중독이'었'으니까.

얼마 적지도 않았는데 스마트폰의 진동이 울린다. 해환은 손을 멈추고 스마트폰 화면을 확인한다.

나애 오늘 나 너무 감동했어! ㅠㅠ

나애 환, 너랑 너네 어머니 너무 멋진 것 같아! ㅠㅠㅠㅠ

나애 역시 환 너는 대단해!

해환은 나애가 보낸 메시지를 물끄러미 바라본다. 여러 감정에 휩싸여 어떻게 대처해야 할지 모르겠는 탓이다.

'마음의 정리가 필요해.'

해환은 잠시 생각하다가 스마트폰을 뒤집어 안 보이게 한다. 여전히 스마트폰 진동 소리가 울리지만 무시한다.

심호흡을 크게 하고, 일기를 다시 써 내려간다.

일기장

*

지난 일 년간, 나는 정말 친구가 갖고 싶었다.

그런 내게 나애가 생겼다.

2024년 3월 24일 일요일

오랜만에 일기를 쓴다. 올해 처음이라니! 예전의 나를 생각하면 말도 안 되는(!) 일이다. 나는 일기 중독이'었'으니까.

내가 일기 중독인 건 다 부모님 탓이다.

친구들은 빠르면 초등학교에 들어가면서 스마트폰을 받았다. 우리 엄마는 달랐다. 초등학교 들어갈 때는 삼 학년 되면, 삼 학년이 되자 오 학년 되면, 오 학년 되자 졸업하면 사주기로 해놓고 또 말이 달라졌다.

"그런 거 하면 공부 못해!"

"책을 읽고 글을 써야 머리가 좋아지는 거야!"

이게 엄마의 레퍼토리다.

엄마는 도서관에서 계약직 사서로 일한다. 나는 초등학생 때부터 학교가 끝나면 늘 도서관에 갔다. 엄마가 일하는 동안 도서관에 앉아 책 읽고 공부하고 글을 썼다. 그냥 너무 심심해서, 할 일이 없어서 그랬다.

엄마의 예상은 맞았다. 이 습관 덕에 나는 공부를 '심하게' 잘 하는 축에 들게 되었다. 대신 친구 관계는 엉망진창이 되어버 렸지만.

생각여자중학교에 입학한 후 새 친구들이 생겼다. 친구들은 전화번호랑 SNS부터 교환하자고 말했다. 나는 스마트폰이 없 는 게 너무 쪽팔려서 친구들에게 아빠 스마트폰 번호를 알려 줬다.

"지금은 없어. 우리 엄마 엄해서, 스마트폰 학교 못 갖고 가게 해."

내 거짓말은 얼마 안 가 들통났다. 도서관 디지털 열람실에 서 SNS에 접속하는 모습을 연달아 들킨 탓이다. 애들은 이런 나를 앞에 두고 없는 사람 취급하며 내 이야기를 했다.

"윤해환 스마트폰 없는 거 같아. 도서관에서 메시지 확인하 던데?"

"말투도 좀 이상해. 석기시대, 구석기시대, 이런 말 하고. 아, 사자성어도 쓰더라?"

"그러고 보니, 책 엄청나게 읽지 않아? 역시 좀 이상한 듯."

이러다 왕따가 되는 건가 두려워졌다. 지금이라도 스마트폰을 사달라고 엄마에게 다시 졸라봤지만, 엄마는 단호했다.

"스마트폰은 청소년기 뇌 성장에 안 좋아! 도파민 중독이 얼마나 위험한데!"

그렇게 말하는 엄마는 한 손에 든 스마트폰에서 시선을 떼지 못하고 있었다. 나는 엄마의 이율배반적인 태도에 분노했지만, 대놓고 화를 내지는 않았다. 초등학생 때 대들었다가 엄청나게 혼난 일이 있었다.

엄마는 늘 그렇다. 자기가 틀린 걸 지적하면 더 화를 낸다. 그렇게 찔리면 안 하면 될 텐데 절대로 그러지 않는다. 예를 들어 다이어트. 엄마는 맨날 살 뺄 거라고 말하고는 밤만 되면 아빠와 함께 야식을 배달받아 먹는다.

"이건 다 스트레스 탓이야. 너도 어른 되면 이해할 거야."

이때 내가 뭐라고 하면 적반하장도 유분수, 더 심하게 화를 낸다. 거의 화산 폭발 수준…… 친구들의 지적이 옳다. 나는 사자성어를 많이 쓴다. 인정. 하지만 고칠 거야!

아무튼, 엄마를 설득하는 건 소용 없는 일이었기에, 나는 비교적 내 편인 아빠를 졸라봤다.

아빠는 택배 일을 한다. 귀가 시간이 들쑥날쑥하다. 하지만 함께하는 시간이 짧은 만큼 날 예뻐한다. 어렸을 때, 뇌에 안 좋다고 엄마가 못 먹게 하던 젤리를 몰래 사준 것도 아빠였다! 가장 중요한 건 이런 아빠의 스마트폰은 무려 세 개라는 사실이다(안 쓰는 예전 스마트폰도 잔뜩 있으니, 하나쯤은 나 주라고)!

일 학년 일 학기의 어느 날 밤, 나는 현관 앞에 쭈그리고 앉아 일기를 쓰며 아빠가 돌아오길 기다렸다. 마침내 현관문이 열렸다.

"아빠, 오늘도 힘들었지!"

나는 아빠가 들어오자마자 활짝 웃으며 자리에서 발딱 일어나 소리쳤다.

"아이고, 우리 딸! 아빠 기다린 거야?"

"어휴, 아빠 땀 냄새. 이리 줘. 내가 다 들어줄게!"

나는 생글생글 웃으며 아빠의 택배용 작업복이며 초록색 사이다 페트병으로 손을 내밀었다. 아빠는 내가 페트병을 받으려 하자 흠칫 놀랐다.

"그, 그건 괜찮아."

아빠가 왜 이러는지 나는 매우 잘 알고 있다.

초등학생 시절, 정말 사이다가 든 줄 알고 페트병 들고 열었다가 냄새에 놀라 쏟은 적이 있었다. 안에 든 건 오줌이었다. 아빠는 화장실에 갈 틈도 없이 배송하느라 페트병에다가 소변을 보고 있었다.

아빠가 이렇게까지 힘들게 일을 하고 있었다니!

처음, 이 사실을 알았을 때 나는 숙연해졌다. 한동안은 스마트폰 사달라는 말도 안 했다.

하지만! 벗뜨! 그러나! 이제는 그런 일에도 익숙해졌다. 오히려 이 페트병을 대신 비워주겠다는 말 따위를 해서 아빠의 마음을 약해지게 만드는 꼼수도 생겼다!

아빠가 화장실에서 페트병을 비우고 나왔다. 나는 화장실 앞에서 얌전히 기다리고 있다가 아빠의 모든 것을 이해하고 받아들일 수 있다는 듯한, 한편으로는 엄청나게 불쌍한 표정을 지으며 말했다.

"아빠, 나 스마트폰 갖고 싶어. 이제 우리 반에 스마트폰 없는 애는 나밖에 없어! 이러다 왕따 당첨이야!"

"그래, 우리 해환이도 이제 중학생이지? 알았어, 아빠가 엄마한테 말해볼게. 혹시 안 되면 아빠 거 몰래 하나 줄게."

역시 아빠는 엄마랑 달라!

나는 아빠의 말에 잔뜩 기대했다.

이날 밤, 엄마와 아빠는 뭔가 대화를 한참 하는 것 같았다. 그 대화 속에 내 스마트폰 사용 허락 이야기가 있기를 간절히 바라며 나는 사르륵 잠이 들었다.

……홋.

지금 생각해 보면, 과거의 나는 얼마나 유치하고 순진했던가.

나는 왜 아빠가 엄마를 설득할 수 있다고 생각했을까?

아빠는 엄마를 못 이긴다. 그걸 내게 안 들키려고 애쓴다! 아니라면 다음 날, 왜 아빠가 평소보다 훨씬 일찍 집을 나섰겠는가! 이후, 내가 스마트폰의 '스'자만 꺼내려고 해도 왜 후다닥 자리를 피했겠는가! 즉, 우리 집의 서열은 이렇다.

엄마〉〉〉〉〉아빠 = 나

이렇게 나는 전교에서 유일하게 스마트폰이 없는 아이(내가 확인한 기준)가 되었다.

집이나 도서관에서 컴퓨터를 할 때, 가끔 운 좋게 실시간으로 SNS를 확인하는 경우가 있었다. 그런 식으로 약속 장소를 확인해서 나가도 처음엔 별문제가 없었는데, 언젠가부터 분위기가 달라졌다. 내가 나타나면 애들이 마치 눈으로 욕하는 것 같았다.

'여기가 어디라고 와?'

'스마트폰도 없는 주제에.'

독심술은 없지만 진짜 이런 느낌을 받았다. 또 어떤 때는, 겨우겨우 나갔는데도 대화에 전혀 낄 수 없었다.

언제였더라…… 동복을 입었으니까 아마 작년 이맘때 같은데…… 아무튼, 우리 학교 애들은 다들 들르는 후문 앞 별토끼 떡볶이에 우리 반 아이들이 모였다길래 갔다가 내가 왕따란 걸 깨달았다.

내가 도착하자마자 애들은 약속이라도 한 듯 거의 동시에 스마트폰을 들었다. 떡볶이를 먹는 내내 각자 스마트폰을 보며 뭔가를 한참 입력하다가 지네끼리 쿡쿡 웃었다.

"뭐가 그렇게 재밌어?"

나는 궁금해서 옆자리 친구의 스마트폰을 슬쩍 보려고 했다.

"아씨, 보지 마."

친구는 정색하며 스마트폰을 휙 치워버렸다.

"넌 니꺼 보라고!"

나는 잔뜩 기가 죽었다. 다른 애들 역시 짜증이 역력한 표정으로 나를 바라보았다. 결국 나는 어색하게 웃으면서 이렇게 말할 수밖에 없었다.

"그, 그래. 내 거 봐야지. 내 거. 집에 있는 내 거."

이때 애들이 내 말을 듣고 비웃었던가? 화를 냈던가? 아니면 짜증을 냈던가?

잘 기억나지 않는다. 하지만 애들이 나를 싫어한다는 건 확실히 알았다. 스마트폰 없는 주제에 있다고 한다고, 맨날 도서관에 처박혀서 책 읽고 공부만 한다고, 날 재수 없어 했다. 내가 거짓말쟁이 왕따 상태에서 벗어나려면 역시 핸드폰은 필수 아닐까?

일 학년 내내 왕따당하며 적은 일기장이 몇 권인지 모른다 (내 흑역사 언젠가 다 불태워버릴 거야). 언젠가 그런 상상을 해봤다. 늦었지만 엄마가 내게 스마트폰을 사준다면 상황이 달라질까? 애들은 더는 나를 따돌리지 않을까?

아닐 것 같았다. 이미 나는 왕따로 낙인찍혔다. 이런 상황을 반전시키려면 스마트폰이 생기는 정도로는 불가능했다. 뭔가 엄청난 일이 생겨서 애들 사이의 세력 판도가 달라져야 왕따 신세를 벗어날 수 있을 것 같았다.

그런데 그 일이 일어났다. 이 학년에 올라가고 얼마 후, 조나애가 내게 말을 걸어온 것이다!

나는 나애를 볼 때마다 궁금하다.

발목이 저렇게 가는데 어떻게 휘청이지 않고 걸을 수 있을까?

나애는 정말 말랐다. 발목 굵기가 내 손목이랑 비슷하다. 그런데 힘도 세다. 우리 반 여자애 중에 팔씨름을 제일 잘한다. 애들 말에 따르면 나애는 아이돌을 목표로 잠깐 연습생 생활을 한 적이 있다는데, 그때 운동을 많이 한 걸까?

나애는 공부도 '좀' 한다. 나처럼 엄청나게 심하게, 할 일이 없어 도서관에서 공부만 해서 그런 게 아니라 적당히, 선을 넘지 않는 수준에서 '우아하게' 공부한다.

뽀얀 피부의 나애, 걸을 때마다 가슴 아래까지 오는 긴 머리가 찰랑찰랑 흔들리는 나애, 커다랗고 큰 눈, 오뚝한 코와 도톰한 입술, 작은 얼굴에 비율도 좋은 나애……. 이런 나애에 비해 당시 내 모습은 끔찍했다. 일단 나는 십 킬로그램 넘게 살이 쪘다. 애들에게 왕따당하기 시작한 후 스트레스를 먹는 거로 푼 탓이다.

우리 가족은 밤마다 야식을 먹는 습관이 있다. 초등학생 땐 살이 찔까 봐 무서워 야식을 먹지 않았지만, 중학생이 된 후로는 엄마 아빠보다 더 많이 먹었다.

이상하게도 야식을 먹고 살이 찌는 건 나 혼자뿐이다. 엄마와 아빠는 살이 찌지 않는다. 그만큼 엄마와 아빠는 많이 움직인다는 의미일까? 나는 학교에서 가만히 앉아 있기만 해서 이런 걸까?

야식을 많이 먹은 탓인지 여드름도 많이 생겼다. 이마부터 시작된 여드름이 뺨으로 내려왔다. 하나가 터지고 좀 아물라치면 다른 게 터졌다. 하루라도 얼굴에 피가 안 나는 날이 없었다. 나는 여드름을 가리기 위해 머리카락을 앞으로 내려 얼굴을 가리고 다녔고, 애들은 이런 나를 전보다 훨씬 더, 대놓고 비웃었다.

"아, 지저분해. 땀 냄새."

"사자성어. 선비질. 책찐따. 재수 없어."

"야, 다가오지 마. 여드름 옮으면 책임질 거야?"

"저리 좀 가. 지방 덩어리. 너만 오면 더워."

나는 애들에게 민폐를 끼치지 않기 위해 고개를 푹 숙였다. 얼굴을 최대한 가렸다. 등도 많이 굽히다 보니 중학교 일 학년 이 벌써 새우등이 되어버렸다.

새우등에 머리카락으로 얼굴을 모두 가린, 여드름투성이의 뚱뚱한 나.

아이들은 이런 내 주변에 보이지 않는 DMZ를 만들었다. 앞 뒤 양옆 자리에 앉는 아이들은 보라는 듯 내 책상과 거리를 뒀 다. 아이들은 조금이라도 나와 가까워지면 바이러스가 전염된 다고 믿는 것 같았다. 뚱보 바이러스, 여드름 바이러스, 땀 냄새 바이러스, 입냄새 바이러스 등등.

학년이 바뀌었을 때, 나는 이미 모든 것을 체념한 상태였다. 아무도 내게 말을 안 시키겠지, 나는 DMZ 속 야생동물처럼 중 학교 삼 년을 버텨야겠지, 생각했다. 그런데, 내게 나애가 말을 걸어왔다.

"안녕? 난 조나애야. 넌 이름이 뭐니?"

"나, 나는."

목소리가 갈라져 나왔다. 평소 말을 너무 안 한 탓이었다.

"윤해환. 해환이라고 해."

"그렇구나, 해환아. 반가워!"

나애는 이런 내 목소리를 단번에 알아듣고 활짝 웃었다.

"너, 전교 일 등 맞지? 정말 대단해! 학원 어디 다녀?"

"아, 안 다니는데."

"진짜? 와, 말도 안 돼! 그럼 어떻게 공부하는데?"

"도, 도서관에 가."

"도서관? 그런 데서 공부한다고?"

"으응, 어렸을 때부터 다녀서."

"자기주도학습이네? 대단하다, 너!"

이게 얼마 만에 하는 제대로 된 대화인가! 나는 너무나 기뻐서 감동의 눈물도 찔끔 날 정도였다. 하지만 기쁨은 오래가지 않았다.

나애가 스마트폰을 내밀었다.

"번호 찍어."

결국 또 이렇게 되는 건가. 나는 일 학년 때의 경험을 떠올리며 속으로 한숨을 길게 내쉰 후 최대한 비장한 목소리로 말했다.

"스마트폰 없어."

거짓말쟁이로 낙인찍히는 것보다 처음부터 사실대로 말하는 게 차라리 낫지.

"엄마가 공부하는 데 방해된다고 안 사주셔."

"진짜?"

"도파민 중독이 청소년기 뇌 발달에 악영향을 미쳐서 공부하는 데 방해가 된대."

아차, 잘난 척까지 해버렸다.

나애는 아무 말도 없었다.

이걸로 끝이다. 나의 짧은 우정, 잠깐이지만 나의 눈부신 친구 안녕, 아, 이건 소설 제목인데…….

"너 재밌다. 그래서 전교 일 등 하는 거구나?"

그런데 나애는 이해했다는 표정을 짓고 있었다.

"나랑 친하게 지내자."

그렇게 내게 친구가 생겼다.

나애의 가장 친한 친구는 안노라다.

노라는 나애와 같은 아파트 단지에 산다. 나애처럼 초고층에 사는 건 아니고, 십 층이다. 또 아빠가 대기업에 다닌다. 외모 역시 학급 내에서 예쁜 축에 속한다. 노라는 나애와 일 학년 때부터 친한 사이로, 나애의 표현에 따르면 '나름 레벨이 맞는' 사이다.

나애는 늘 레벨을 따진다. 친구를 사귈 때는 어떤 것이든 자신과 레벨이 맞는 것이 하나라도 있어야 한다. 나를 친구로 삼은 것도 이유는 딱 하나, 내가 공부만큼은 끝내주게 잘하기 때문이었다.

공부 외의 내 레벨은…… 나애 기준엔 낙제점이다. 외모도 예쁘지 않고, 심지어 뚱뚱하고 여드름까지 났고, 아빠는 택배 기사고, 엄마는 도서관 계약직 사서에 집은 빌라. 나애는 왜 이런 내가 마음에 들었을까? 노라에게 소개해주기까지 했을까?

"오늘부터 해환이도 우리랑 같이 밥 먹을 거야."

노라는 나를 보고 오 초쯤 정지했다가 애써 표정 관리하며 나를 환영해 주었다.

"바, 반가워! 친하게 지내!"

나애, 노라와 함께 다니자, 다른 애들이 나를 대하는 태도가 달라졌다. 나는 더 이상 왕따가 아니었다(!) 나애의 그룹에 들어가고 일주일 후, 나애는 반 아이들을 소집했다.

우리 반, 총 스물여덟 명 가운데 단 세 명을 제외한 모두가 별토끼떡볶이에 모였다. 물론, 쏘는 사람은 나애였다.

일 학년 내내 왕따당하며 눈치코치가 생겼다. 나는 애들이 떡볶이 떡을 두 개 먹을 때 하나만 먹는 정도로 포크질 속도를 조절하며 주변을 관찰했다. 이런 나의 레이더망에 나애의 묘한 행동이 보였다. 애들이 떡볶이 접시를 반쯤 비웠을 무렵, 나애가 노라의 옆구리를 툭 팔꿈치로 찔렀다. 그러자 노라가 기다렸다는 듯 말했다.

"최정안 너무 재수 없지 않아? 오늘 다 같이 뭉치자는데 안 왔잖아."

노라의 말에 다른 애들이 반응했다.

"그 정도는 아니지 않나?"

"그냥 떡볶이 안 좋아한다던데?"

"아냐, 좀 착한 척하는 것 같긴 함."

"그래도 일단은 우리 반 반장이잖아."

"나애는 어떻게 생각해?"

"나?"

나애는 노라의 말에 무척 어색한 웃음을 지으며 말했다.

"최정안은 살짝 좀 사람 가리는 느낌?"

"뭐가 어떤데?"

그랬더니 노라가 다시 입을 열었다.

"최정안, 일 학년 때 왕따였어."

노라의 말에 포크를 든 내 손이 파르르 떨렸다.

일 학년 때 왕따였던 게, 어떻단 말인가! 나도 왕따였는데!

하지만 이 상황에서 최정안의 편을 들 만큼 바보는 아니었
다. 애들이 최정안에 대한 험담을 계속하는 한, 내가 왕따가 될
가능성은 지극히 낮았으니까.

"기억 안 나? 작년 이맘때 학식에서 싸움 난 거. 왜, 엄청 난
리 났었잖아. 그 주인공이 최정안이야. 최정안이, 학식에서 갑
자기 나애 때리려고 해서 애들이 말리다가 그 소동이 났던 거
야. 그래서 왕따 됐다니까?"

노라의 말에 아이들이 흥분했다.

"뭐? 진짜?"

"최정안이 나애를 때리려고 했다고? 그렇게 안 보이는데?"

"그렇게 안 봤는데, 충격이다."

나 역시 머릿속이 복잡해졌다.

최정안은 폭력적인 스타일로 보이지 않았다. 그런 최정안이 나애를 때리려고 했다니! 그렇다면 왕따가 될 수밖에 없었겠네, 아니 그래도 왕따는 나쁜 거야! 하지만 폭력은 더 나쁜 거 아냐? 아, 모르겠다!

"해환아!"

갑자기 나애가 날 불렀다. 내 머릿속은 더 엉망이 됐다.

내 표정이 조금 굳었나? 그래서 뭔가 지적하려는 건가? 이대로 바로 손절인가? 다시 왕따 신세인가! 그럼 그렇지, 나에게 좋은 일이 생길 리 없어.

나애가 자리에서 일어났다. 작은 종이 쇼핑백을 손에 들고 다가와 내게 내밀었다.

"선물이야. 풀어봐!"

모두의 시선이 나애와 내게 고정됐다. 나는 갑작스러운 주목에 당황하면서도 기분이 좋았다. 어쩐지, 내가 나애와 특별한 사이가 된 것 같았다.

나는 우쭐한 기분으로 상자를 열었다.

"나, 나애야! 이, 이게 뭐야?"

상자 안에 든 건 스마트폰이었다. 그것도 아이폰.

"선물. 내가 쓰던 폰이긴 한데, 그래도 최신 기종이야. 어때? 쓸만하겠지?"

나는 좋았다. 하지만 당황스러웠다. 다른 것도 아닌 아이폰이었다. 우리 부모님도 안 쓰는, 정확히는 비싸서 못 쓰는 아이폰.

"하, 하지만 개통하려면 나 부모님 허락 맡아야 해서…… 우리 부모님 엄하셔서 분명 못 쓰게 할 텐데."

"몰래 쓰면 되지."

"그, 그게 어떻게 가능해? 개통해야 하는데."

"아, 요금이 문제야? 그거 얼마나 한다고. 내가 다 내줄게."

아이폰이 생긴 건 좋았다. 좋은 건 맞는데 뭔가 이상했다. 기분이 이상했다. 어떤 게 아닌지는 모르겠지만…… 뭔가, 아닌 건 분명했다.

"우와 윤해환 좋겠다!"

"아이폰이잖아."

"나애 사람이 너무 좋다."

"선한 영향력 그 자체 아님?"

이 상황에서, 분위기를 깰 수는 없었다.

'그래, 나는 스마트폰이 필요했잖아. 공짜잖아!'

나는 두 손으로 조심스레 스마트폰을 쥐며 나애에게 말했다.

"고마워! 잘 쓸게!"

무슨 시상식에서 상을 받는 것도 아닌데, 얼결에 몸도 좀 숙여 나애에게 인사하는 꼴이 됐다. 노라는 이런 나와 나애를 스마트폰 카메라로 찍고 있었다.

이때 느꼈던 찝찝한 기분은 얼마 안 가 털어버렸다. 이제 나는 모든 SNS와 단톡방에 들어갈 수 있다. 애들이 연락하면 바로 받을 수 있다! 그중에서도 가장 기쁜 건, 나애가 누구보다 자주, 많이, 내게 아이메시지를 보내온다는 사실이었다!

아이메시지는 메시지를 주고받는 아이폰 전용 시스템으로, 갤럭시에는 없는 아이폰만의 기술이다. 이것 때문에 애들은 아이폰을 갖고 싶어 했다.

　처음에는 나애와 나의 대화가 겉돌았다. 그래도 좋았다. 나는 나애 덕에 왕따를 벗어났다는 것만으로도 행복했다.

　나는 자연스레 나애에게 많은 것을 털어놓았다. 우리 집 사정, 일 학년 때 왕따당하게 된 사연, 어떻게 살이 쪘는지 등등. 그랬더니 나애도 자기 이야기를 들려주었다.

나애　아, 나도 그런 적 있었어.

나애　서울로 처음 전학 왔을 때. 뚱뚱하고 까맣고 못생겼었어.

나애　다 노력한 거. ㅋㅋ

나애　그때 나는 정말 많이 노력했어.

나애　이건 비밀인데 지금도 계속 다이어트 중이야.

　나애가 뚱뚱하고 까맣고 못생겼었다니! 그렇게 말랐는데 아직도 다이어트하다니!

　상상도 할 수 없었다.

　더불어 그런 생각이 들었다.

　혹시 나도 바뀔 수 있을까? 나애처럼 한다면 나도 나애처럼 될 수 있을까?

나애 좋은 생각 났다!
나애 환, 나랑 같이 다이어트할래?
나애 좋아, 하자! 내일 오전 여섯 시 반까지 우리 집 앞으로 와!
나애 공복 유산소 한 시간 하고 학교 가자!

나애는 내 마음을 읽기라도 한 것처럼 운동하자고 먼저 제안을 해왔다. 나는 놀랍고 기뻤다. 뭣보다 어려운 말을 내가 꺼내지 않아도 되어서 행복했다.

해환 그래! 그러자!

다음 날, 태어나서 처음으로 새벽 여섯 시에 일어났다. 운동복을 입고 바로 나애네 집으로 향했다.
"왜 이렇게 늦었어!"
나애는 벌써 약속 장소인 아파트 정문 앞에 와 있었다. 나애는 한 손에 아이폰을 들고 있다가, 내가 오자마자 갑자기 들이

댔다. 내 사진을 찍는 것 같았다.

"십 분 일찍 와야지! 나 기다렸잖아!"

나는 허락도 없이 내 사진을 찍고 힐난하는 나애의 행동에 당황했다. 하지만 늦어놓고 뭐라 하는 건 예의가 아닌 것 같았다.

"아, 으응. 미안."

"자, 가자! 내 코스를 가르쳐줄게! 우리 아파트 단지엔 산책로가 있어. 나는 이 산책로를 따라 뛰다가 중간에 나오는 운동기구들을 모두 해. 운동기구마다 스무 번씩 삼 세트. 이걸 시간 재면서 한 시간 동안 하는 거야. 오케이?"

나애는 이미 달려가고 있었다. 당황한 나는 그런 나애를 따라 얼결에 달리기 시작했다.

나는 갑작스러운 운동으로 쉽게 숨이 찼다. 다리에 쥐도 나서 중간부터는 걸을 수밖에 없었다. 나애는 목적지인 첫 번째 운동기구 앞에 먼저 도착해 기다리고 있다가 내가 절뚝거리며 다가가자 말을 쏟아부었다.

"환, 좀 대충 하는 거 아냐?"

"다리에 쥐가 났어."

"어떻게 이 정도로 쥐가 나? 그러니까 평소 운동을 열심히

했어야지. 너, 그래서 왕따당하는 거야. 이 학년 때도 왕따당하고 싶어? 아니잖아? 그치? 자, 열심히 하자? 나 안 기다려준다? 알았지? 혼자서 따라와야 해?"

나애의 속사포 같은 말은 쥐가 난 다리보다 훨씬 아팠다. 하지만 다 옳은 말 같았다. 나애처럼 열심히 해야, 살을 빼야, 애들이 날 왕따시키지 않을 것 같았다. 그래서 나는 또 사과하고 말았다.

"미, 미안해. 열심히 할게."

"좋아, 훌륭한 자세야. 역시 환, 넌 다른 애들하고 달라."

나애는 나의 사과를 칭찬했다. 인정받았다는 생각에 기분이 좋아졌다. 조금 더 열심히 하자고 자신을 다독인 후 나애의 뒤를 따라 산책로를 돌았다.

이날, 처음으로 수업 시간에 졸았다. 딱 하루 운동한 것만으로 기진맥진이 됐다. 당장 관두고 싶을 정도로 몸이 무거웠다.

점심을 먹을 때도 나애는 내게 찰싹 달라붙어 잔소리했다.

"꾸꾸 먹어! 천천히, 많이 먹어야 해!"

"그렇게 조금씩 먹으면 기초대사량이 떨어져서 안 돼!"

"지속 가능한 다이어트를 하려면 매일 하루 세 끼를 먹어야 한다고!"

저녁에 집에 있을 때도 나애에게서 메시지가 왔다.

나애 뭐 먹는지 사진 찍어서 보내.

나애 설마 라면이랑 떡볶이 이런 거 먹는 건 아니지?

나애 절대 안 돼! 단백질, 탄수화물, 채소, 과일 비율 맞춰 먹어야 해!

나애 특히 채소!!

어디 감시 카메라라도 있나? 어떻게 알았지? 라면을 끓이고 있다가 깜짝 놀라 그만뒀다. 밤이 되자, 엄마와 아빠는 또 야식으로 치킨과 피자를 시켰다. 신이 나서 바로 먹으려고 했는데, 또 메시지가 왔다.

나애 야식 먹는 거 아니지?

나애 절대 안 돼!

나애 앞으로 야식 금지야!

다음 날 아침 여섯 시에도 나애의 모닝 메시지가 왔다. 내가 잠에서 못 깨어나서 반응이 없자 바로 전화를 걸어왔다.

"설마 아직도 자는 건 아니지! 어서 일어나!"

"몸이 너무 무거워서. 천근만근이야."

"젖산 분비가 돼서 그래. 그래도 이겨내야지. 공복 유산소는 정말 중요하다고. 뭣보다, 이러다 다시 왕따당하고 싶어? 너 그 정도밖에 안 돼?"

왕따!

"갈게. 바로 나갈게!"

나는 벌떡 일어났다. 세수도 안 한 채 무거운 몸을 이끌고 나가 달렸다. 나애는 집에 돌아오기 직전까지 반드시 아침을 먹으라고 신신당부했다.

나는 나애의 말에 따랐다. 아침, 점심, 저녁 먹는 것마다 엄마 몰래 핸드폰으로 사진을 찍어 메시지로 공유했고, 나애는 그럴 때마다 칭찬을 아끼지 않았다.

나애   다이어트는 식단이 9, 운동이 1이야.

나애   너 피부도 좋아질 거야.

나애 넌 분명 잘될 거야. 나만 믿어!

나애의 말은 옳았다. 야식을 끊고 시키는 대로 매끼를 꼬박 꼬박 먹자, 제일 먼저 피부부터 반응이 왔다. 더는 여드름이 나지 않았다. 있던 여드름도 서서히 가라앉았다.

일주일이 지나자, 운동의 효과도 나타났다. 이제 나는 쉬지 않고 달릴 수 있었다. 이제 나애와 비슷한 속도로 뛰고, 운동기구도 사용할 수 있었다.

나애는 내게 칭찬을 퍼부었다.

"그것 봐, 하면 되잖아! 역시 환은 대단해!"

"우리 조금만 더 열심히 하자!"

"난 이래서 환이 좋더라. 넌 내 말을 곧이곧대로 듣고 그대로 하잖아?"

"그거 아무나 하는 거 아니다?"

한 가지 이상한 점이 있었다. 나애는 내가 운동하러 갈 때마다 내 모습을 스마트폰으로 찍었다. 가끔 동영상으로 촬영하는 것 같기도 했다. 나는 나애가 왜 내 사진을 찍는지 궁금했지만, 묻지 않았다. 이유가 있겠거니 했다. 뭣보다, 나애의 심기를 거슬러서 좋을 게 없을 것 같았다.

이 주가 지났을 무렵, 체중이 오 킬로그램이나 줄어 있었다. 그런데 겉으로 보기에는 십 킬로그램은 줄어든 것 같았다.

나애가 말했다.

"체지방이 줄고, 근육이 붙은 거야. 점점 살이 안 찌는 몸으로 변하고 있다는 뜻이야. 앞으로 평생 이렇게 살 각오로 계속해. 알았지?"

"물론이야!"

나는 이제 나애의 말을 백 퍼센트, 아니 천 퍼센트, 만 퍼센트 신용했다.

나애가 아니었다면 나는 다이어트를 시도할 생각도 못 했을 것이다. 날 바꾼 건 나애다! 어떻게 그런 나애를 믿고 따르지 않을 수 있을까!

일주일 전, 나애가 미용실 링크를 보내왔다.

나애 여기서 머리해. ㅋㅋ

나는 나애가 보내온 미용실 위치와 가격표를 보고 당황했다. 강남에 있는 미용실이었다. 연예인들이나 다니는 미용실인지 가격이 엄청나게 비쌌다.

해환 너무 비싸! 난 이런 곳 무리야.

나애 돈 워리.

나애 언니만 믿어! 내가 쏜다!

나애 상을 주는 거지. ㅋㅋ

해환 상? 나한테? 왜?

나애 환은 너무 기특해. ㅋㅋ

나애 매일 아침 운동하고 살도 빼고 여드름도 나아가잖아?

나애 그게 아무나 하는 게 아니라고!

나애 내 말을 잘 따라줬다는 증거잖아!

나애 그러니 상 줘야지!

나애 어때, 좋지!

나는 즉답할 수 없었다. 아이폰을 받았을 때와 같은 이상한 기분이 들었다. 이 친절은 과분했다. 하지만 나는 거절할 수 없었다. 정확히는 거절할 틈이 없었다. 나애는 내 대답을 기다리지 않고 바로 결정을 내렸다.

　나애　그럼 내가 대신 예약한다. ㅋㅋ

　나애　예약 완료. ㅋㅋ

　나애　언니만 믿어 다 잘될 거야. ㅋㅋ

일방적인 통보에 내가 할 수 있는 말은 하나뿐이었다.

　해환　고마워.

　나애　별말을 다 한다. ㅋㅋㅋ

　나애　친구잖아. ㅋㅋㅋ

친구.

이 말에 나는 불편했던 마음이 사르륵 녹았다.

지난 일 년간, 나는 정말 친구를 갖고 싶었다. 그런 내게 나애가 생겼다. 나애는 왕따당하지 말라고 아이폰을 준다. 살을 빼게 도와준다. 미용실도 데려가 준다.

정말 완벽한 친구가 아닌가?

이런 호의를 거절하는 건, 불편함을 느끼는 건, 옳지 않다. 아니, 솔직하게 말하자면…… 거절하면 손해 같았다.

나는 인싸가 될 기회를 놓치기 싫었다.

그렇게 오늘, 머리를 하러 갔다. 나애는 내일이 월요일이니 주말에 변신해서 애들을 깜짝 놀라게 해주자고 했다.

변신. 확실히, 머리를 한 지금 모습을 보자면 변신이란 말이 딱 어울린다.

예전의 나는 늘 머리를 묶고 다녔다. 머리숱이 너무 많은데다 심한 곱슬머리인 탓이다. 아무것도 안 한 내 머리는 붕 떠서 얼핏 보기엔 초가지붕 같았다. 프로의 손이 닿자 이런 내 머리가 말 그대로 변신했다. 무슨 샴푸 광고처럼 머리를 좌우로 흔들면 사르륵 소리가 날 것 같았다.

나애도 내 머리 스타일에 감탄했다. 연신 스마트폰으로 사진을 찍어주며 말했다.

"와, 너무 예쁘다. 오기 잘했네."

"응, 응. 너무 잘했어!"

"자! 이제 그럼 도서관 가자. 너희 엄마 일하시는 시간 맞지?"

"어, 어? 맞는데 왜?"

"왜긴 왜야, 자랑해야지. 엄마가 얼마나 좋아하시겠어!"

나애의 말에 당황했다. 하지만 나애의 말이 옳은 것 같았다. 지금까지 나애 말대로 해서 안 좋은 적이 단 한 번도 없었으니까.

뭣보다, 엄마에게 나애를 소개하고 싶었다. 내게도 이렇게 멋진 친구가 있다고 엄마에게 말하고 싶었다.

나애와 나는 함께 도서관으로 향했다. 엄마는 도서관 삼 층 열람실 대출대에서 일한다.

"먼저 들어가."

"왜? 같이 가서 인사하지?"

"갑자기 친구랑 왔다고 놀라실 수 있잖아. 아, 그리고 나 스마트폰으로 좀 할 게 있어. 연락이 그새 많이 쌓여서."

나는 나애의 말대로 먼저 열람실에 들어갔다. 대출대로 다가가 엄마 앞에 섰다. 엄마는 처음엔 나를 못 알아봤다. 내가 "엄마, 나 머리했어!"라고 말하고 나서야 날 알아보고는 깜짝 놀랐다.

"너, 어떻게 그, 머리를……. 돈이 어디서 나서?"

엄마는 말까지 더듬었다.

"아, 친구가 도와줬어."

"친구? 누구?"

"같이 왔어."

나는 입구 앞에 서 있던 나애에게 들어오라는 손짓을 했다. 나애는 생글생글 웃으며 셀카봉에 낀 스마트폰을 들고 다가왔다. 스마트폰으로 나와 엄마를 찍으며 말했다.

"인사가 늦었습니다. 해환이 친구입니다. 조나애입니다."

"그, 그래. 안녕? 해환이랑 잘 놀아줘서 고맙……."

"어머니, 모르셨죠? 해환이 왕따였어요."

나애는 엄마의 말을 끊으며 끼어들었다.

"스마트폰 없다고 애들이 일 학년 내내 따돌렸어요."

"뭐? 그게 정말이야?"

"환, 어서 말씀드려. 너 왕따였잖아."

나는 뭐라고 해야 할지 몰라 엄마와 나애만 번갈아 바라보았다. 그 틈에 나애의 속사포 같은 말이 쏟아졌다.

"아, 참! 갑갑해! 내가 대신 말해줄게. 해환이는 일 학년 내내 왕따였어요. 애들이 스마트폰 없다고 따돌렸어요. 제가 아니었으면 이 학년 때도 왕따가 이어졌을 거예요. 그래서 제가 안 쓰는 스마트폰 줬어요. 아이폰으로. 요금도 제가 다 내줬고요. 매일 아침 운동도 함께 해서 살도 뺐고, 오늘은 미용실도 같이 갔다 왔어요. 계속 왕따당할 수는 없잖아요. 안 그래요? 어떻게 생각하세요? 왜 부모가 되어서 스마트폰도 안 사주셨어요? 돈이 아까우셨나요? 아니면 왜?"

나애의 목소리가 지나치게 컸다. 열람실에 있는 사람들이 우리를 흘깃거리기에 충분하도록 또랑또랑했다.

창피했다.

부모님이 속상해할까 봐 왕따인 걸 열심히 숨겨왔는데, 아무한테도 들키고 싶지 않았는데, 그걸 나애가 모두의 앞에서, 그것도 엄마 직장에서 다 말해버렸다.

숨고 싶었다.

화가 났다.

……하지만 누구한테 화를 내야 할까?

나애한테?

나애는 날 바꿔준 사람인데? 스마트폰을 사주고, 운동을 함께 해주고, 머리도 해줬는데?

이런 나애에게 어떻게 화를 내지?

대체 어떻게 하면 좋지?

난 어떻게 해야 하지?

눈물이 났다. 그대로 고개를 숙인 채 뚝뚝 눈물을 흘렸다.

"엄마가 미안해."

엄마는 이런 나를 오해했다.

"괜히 스마트폰을 안 사줘서는 이런 일을. 엄마가 정말 미안해. 엄마는 아무것도 몰랐어. 많이 힘들었지?"

엄마가 나를 끌어안았다. 나는 엄마에게 안긴 채 계속 울어댔다. 나애는 이런 나와 엄마를 스마트폰으로 모조리 촬영하고 있

* * *

해환은 문장을 끝까지 적을 수 없었다. 끊임없이 울리는 스마트폰의 진동 탓이었다.

나애에게 전화가 오고 있었다.

나애는 늘 이랬다. 해환이 자기 메시지에 대답하지 않으면, 참지 못하고 바로 전화를 걸어댔다. 전화를 받으면 해환이 뭘 하고 있었든 상관없이 바로 자기 이야기를 쏟아냈다. 해환은 이런 나애의 전화를 받아주느라 새벽 두 시가 되도록 잠을 못 자다가 엄마한테 크게 혼나기도 했다.

평소 해환이라면 망설이지 않고 전화를 받았으리라. 싫은 내색 없이 들어줬으리라. 오늘은 달랐다. 해환은 나애의 전화를 모른 척하기로 했다. 나애에 대한 감정이 아직 정리되지 않았다.

"아, 모르겠다!"

해환은 짜증 나서 일기장을 덮었다. 아이폰을 묵음으로 바꾼 후 털썩 소리가 나도록 침대에 엎드려 잠을 청했다.

"내일 일은 내일 생각하자!"

물론, 잠은 쉽게 오지 않았다.

일커장 주기자○

*

"윤해환, 나랑 노라 중 누구 편이야?"
"네 편. 네, 네 편이지."

⋮

나애가 웃어 보였다. 나는 얼결에 따라 웃었다.
나애 말이 옳았다.
노라와 나애, 둘 중 한 명을 고르라면
나는 나애의 편이어야 했다.

2024년 3월 25일 월요일

어제, 내 동의를 구하지 않고 나애가 엄마에게 왕따 사실을 밝힌 건 큰 충격이었다. 일기를 쓰고 나자 이건 역시 그냥 넘어갈 일이 아니란 생각이 들었다. 하지만 막상 학교에 가보니, 내가 그런 말을 할 수 있는 상황이 아니었다. 반 아이들이 나를 둘러싸고 놔주지 않았다.

"말도 안 돼! 윤해환이 이렇게 예뻤다고?"

"대체 뭘 어떻게 하면 이렇게 될 수 있는 거야!"

태어나서 처음 받는 관심이었다. 나는 모두의 관심이 좋으면서도 당황스러워 아무 말도 할 수 없었다. 이런 날 대신해 나애가 나섰다.

"요즘 해환이 나랑 같이 아침 러닝 하거든! 식단 조절도 끝내주게 하고 있어! 미용실도 내가 데리고 가줬지! 해환은 그럴

자격이 있거든! 이렇게 본판이 예쁜데! 티를 안 내는 건 너무 아깝잖아!"

애들은 부러움과 질투가 섞인 눈으로 나를 바라보았다. 그 눈은 이렇게 말하고 있었다.

'감히 너 따위가 나애와 친하다니.'

'나애와 매일 따로 연락하고 지낸다고?'

'부럽다. 너무, 부럽다.'

나애는 그런 애였다. 나를 비롯한 이 학년 일 반 모두 나애와 친해지고 싶어 했다.

이유……?

모르겠다. 그냥, 그래야 할 것 같았다. 나애의 표현대로라면 나애와 친해지면 어쩐지 레벨이 올라가는 것 같았다.

나애가 내 칭찬을 거듭할수록 어제 느낀 섭섭함과 분노, 혼란스러움은 사그라들었다. 나애가 이렇게 날 자랑스러워하는데, 애들 앞에서 추켜올려 주는데, 어제 그 일은 분명 실수였을 거라고, 세상에 실수를 안 하는 사람이 어디 있겠냐고, 자신을 다독였다.

더 솔직하게 말하자면, 그보다는 애들의 시선을 더 끌고 싶었다. 지금 내가 어제 일로 화낸다면, 그래서 나애와 틀어진다면, 이런 관심을 더는 느낄 수 없을 게 분명했다. 나는 가까스로 얻은 모두의 관심과 주목을 잃고 싶지 않았다.

오늘은 다음 달 반장 선거 날이기도 했다. 결과는 나애의 압승이었다. 잠깐 사이 최정안이 일 학년 때 이간질하다가 왕따 당했다는 소문이 반 전체에 퍼졌다. 이제 우리 반 공식 왕따는 최정안으로 결정되었다. 이 상황에서 나를 왕따에서 벗어나게 하고, 내 외모를 확 바꾸고, 심지어 '인싸'로 만든 나애가 당선되지 않을 이유는 없었다.

최정안은 늘 혼자였다. 점심은 아예 안 먹거나, 혼자 몰래 가서 먹는 듯했다. 나도 일 학년 내내 그랬기에 최정안이 불쌍하다고 생각했다. 한 번의 잘못으로 이렇게 오래 왕따를 당하는 건 역시 잘못된 일인 것 같았다. 하지만 이제 나는 그런 티를 낼 수 없었다.

나는 나애의 최측근, 절친, '찐친'이다! 나애는 나를 완전히 변신시킨 덕에 오늘 있었던 반정 선거에서 압도적인 표 차로 이겼다. 그 후, 나애는 나를 훨씬 더 마음에 들어 했다. 예를 들어, 오늘 점심시간부터 내 '위치'가 바뀌었다.

평소 점심시간 식당에서 나애는 자기 옆자리에 꼭 노라를 앉혔다. 이제 그 자리는 내 차지였다! 노라는 상당히 불쾌한 것 같았지만, 대놓고 뭐라 하지는 못했다.

그럴 수밖에 없다.

나애는 우리 반에서 가장 인기가 많은 '핵인싸'다. 이런 나애의 뜻을 거스를 수 없지 않을까?

2024년 4월 1일 월요일

또 일주일간 일기를 적지 않았다. 아무 일도 없었으니 기록할 생각도 들지 않았다.

이렇게 적는다면 이건 주기장이라고 적는 편이 낫겠다. 그래, 이 기회에 노트 이름을 또 바꾸자! 이제 넌, 주기장이다! 주기자- 아! 주기는 글을 쓰는 거야!

아무튼 오늘부터 나애의 반장 임기 시작이다.

오늘은 새벽 여섯 시에 만나 공복 유산소 운동을 했다. 그렇게 하루치 운동을 한 직후, 나애가 말했다.

"잊지 말고 아침 식사 사진 보내."

"응."

"아, 그리고 이따가 우리 집 올래?"

나는 순간 경계했다. 오늘은 만우절이다. 작년에도 반에서 가장 잘나가는 친구한테 이런 말을 들었다. 하지만 나를 놀린 거였다.

"절대 네버 만우절 장난 아냐."

역시 나애는 내 마음을 순식간에 읽었다!

"좋아!"

물론 거절할 이유가 없었다.

나애의 집이라니! 그럼, 초호화 아파트지 않은가!

나는 평생 빌라에 살았다. 유치원생 때는 근처 유치원에 다니는 애들 역시 나처럼 빌라에 살았으니까 아파트에 갈 일이 없었고, 초등학교에 들어간 후로도 마찬가지였다. 내가 다니는 초등학교에는 아파트에 사는 애들이 없었다. 초등학생 시절 친했던 친구들 역시 모두 빌라에 살았기 때문에 나는 아파트에 대한 환상이 있었다. 아파트에 사는 애들은 모두 자기네 아파트 안에 있는 초등학교에 다녔다. 학원이라도 다녔다면 한 명쯤 만났겠지만, 난 학원도 안 다녔다. 중학교에 들어온 후에야 뭐…… 일 학년 때는 왕따였으니까 아파트에 사는 친구는 커녕 친구 자체를 사귀기도 힘들었다.

내가 나애네 집에 간다고 하니 엄마가 더 신났다. 엄마는 베란다에 잔뜩 쌓아놓은 두루마리 휴지 한 묶음을 갖고 나오며 말했다.

"이거, 가져다드려."

엄마는 최근 반값 세일에 홀라당 빠져서 두루마리 휴지를 열 묶음 넘게 쟁였다. 그중 하나를 나애네 집에 가져가라는 말이었다. 좋은 생각 같았다. 하지만 딱 하나 마음에 걸리는 게 있었는데…….

"엄마."

"응?"

"나, 학교 끝나고 바로 나애네 집에 가기로 했는데, 이거 들고 학교 가?"

엄마는 내 말에 오 초쯤 정지된 듯했으나 정색하며 말했다.

"갖고 가. 뭐 어때? 가서 교실 어디에 잘 뒀다가 가지고 가. 그럼 되잖아! 이거 좋은 거야. 고오급 두루마리 화장지라고!"

…… 역시, 또 되는대로 말한 거였군. 누가 우리 엄마 아니랄

- 54 -

까 봐. 이래서 내가 일 학년 때 왕따당한 거라고(차마 말은 못 하지만)!

다행히 애들은 내가 두루마리 휴지를 갖고 온 것에 아무 반응도 보이지 않았다. 오늘은 만우절인 데다, 나애의 첫 반장 임기일이었다. 애들은 나애를 중심으로 선생님들 놀라게 할 장난을 궁리하느라 신이 나 있었다.

우리는 평범하게(?) 단체로 교실 뒤쪽을 보고 앉아 있는 장난을 쳤다. 선생님은 웃고 넘어갔지만, 단 한 명, 이 계획에 참여하지 않은 애가 있었다.

완벽한 왕따로 자리매김한 정안이었다. 정안은 모든 애들이 뒤를 보고 앉을 때 가만히 있었다. 마치 이 상황에 대항한다는 듯이.

물론, 애들은 정안이를 욕했다.

"정말 잘났다, 잘났어."

"왜 자기 혼자 저렇게 도도해?"

"진짜 재수 없어. 꼭 튀려고 해."

정안이 욕을 먹어주는 덕분에 내 두루마리 휴지는 무사했지만 갑갑했다. 왜 그렇게까지 뻣뻣하냐고, 적당히 따라주면 사는 게 편해지지 않느냐고 충고하고 싶었다.

하지만 말을 걸 수는 없었다. 그랬다가는 내가 다시 왕따가될 수도 있었기에.

아무튼! 그렇게! 어쨌든! 내 두루마리 휴지는 무사히 지켰다.

나는 하교할 때 두루마리 휴지를 챙겨 평소와 다름없이 나애, 노라와 함께 학교를 나섰다. 노라는 내 손에 들린 두루마리 휴지가 상당히 눈에 거슬리는 듯했으나 뭐냐고 묻지는 않았다.

평소 우리는 아파트와 빌라촌이 갈라지는 사거리 앞 횡단보도에서 헤어진다. 오늘은 예외였다. 나애의 집에 가는 날이니까! 노라는 내가 왜 집에 안 가는지 묻고 싶어 안달이 난 표정으로 자꾸 날 흘깃거리다가, 횡단보도를 중간쯤 건넜을 무렵 결국 입을 열었다.

"너네 집 저쪽이잖아? 잊었니?"

노라의 말투는 평소보다 훨씬 퉁명스러웠다. 점심시간 나애의 옆자리를 뺏긴 후 노라는 점점 말투가 사나워지고 있었다.

노라는 날 인정하지는 않았다. 나애와 함께 있을 때엔 상대를 해줘도, 단둘이 있게 되면 늘 적당히 나를 무시했다.

"우리 집 가기로 했어."

나애가 날 대신해서 대답했다.

"만우절 장난이야?"

"무슨 뜻?"

나애가 웃으면서 물었다.

"아니면 왜 윤해환이 너네 집에 가? 쟤는 그럴 레벨이 안 되잖아?"

나애가 웃음을 거뒀다. 걸음을 멈췄다. 눈을 아주 크게 뜨고 노라를 똑바로 바라보며 말했다.

"레벨을 정하는 게 너라고 생각해?"

우리는 왕복 팔 차선 중간에 서 있었다. 횡단보도를 건너고 있었고, 함께 길을 건너는 아이들, 멈춰 선 차들이 연신 소음을 내고 있었다. 그런데 갑자기 나는 아무것도 들을 수 없었다. 내게 보이는 것은, 들리는 것은, 나애가 낸 목소리와 나애의 커다란 두 눈뿐.

노라 역시 많이 놀랐는지, 나애와 눈을 마주치기만 하다가, 초록색 횡단보도의 숫자가 오 초나 지난 후에야 정신을 차렸다.

"아, 아니. 레벨을 정하는 건, 너지. 나애, 너. "

"그럼 됐어."

나애는 그 말에 다시 표정을 바꿨다. 웃었다.

"자, 가자."

나애가 앞서 걸었다. 다시 소음이 들려왔다. 우리는 허겁지겁 나애의 뒤를 따라 횡단보도를 마저 건넜다.

노라는 아무 말도 하지 않았다. 길을 걷는 내내 나애의 뒤를 졸졸 따르며 눈치만 살폈다. 나 역시 노라와 마찬가지였다. 나애의 뒤로 반 발짝 떨어져 걸었다. 벌받는 기분이었다. 나애는 이런 우리에게 아무 말도 하지 않았다. 옆으로 와라, 왜 뒤에서 걷느냐, 같은 다정한 말은 없었다.

"나, 나 이제 가볼게."

노라가 가까스로 다시 입을 연 건 자기 아파트 입구에 도착한 후였다. 노라는 잔뜩 겁먹은 듯한 목소리로 말했고, 이 말에 나애가 천천히 고개를 돌렸다. 노라를 무시한 채 내게 다정하게 생긋 웃으며 "가자, 환"이라고 말한 뒤, 다시 앞장서 걸었다. 나는 뭐라 해야 할지 몰라 급히 나애의 뒤를 따랐다.

"나, 갈게! 잘 들어가! 내일 봐!"

우리의 멀어지는 등을 보며 노라가 말했다. 나애는 대답하지 않았다. 나 역시 나애의 눈치를 보느라 대답할 수 없었다. 아주 살짝 손을 흔들어 보였을 뿐이었다.

나애네 집 입구에 도착했다. 나애가 익숙한 손동작으로 터치 패드에 호수와 비밀번호를 입력했다. 자동문이 열렸다. 공용 복도에 들어가 보니, 엘리베이터의 올라가는 버튼이 이미 눌려 있었다. 나는 어떻게 저게 자동으로 눌렸을까, 신기해서 호기심 어린 표정으로 바라보았다.

"너무 까분다."

나애가 툭 말했다. 나는 놀라서 버튼에서 시선을 떼며 허겁지겁 변명했다.

"미, 미안. 내가 좀 촌스럽지? 이런 거 처음 봐서."

"어휴, 귀여워. 우리 환."

나애는 이런 나를 보며 웃었다.

"너 말고, 안노라. 지가 뭔데, 네가 우리 집 오는 걸 지적질이야? 이름도 촌스럽게 안노라가 뭐야? 안 그래?"

나는 뭐라고 해야 할지 몰랐다. 이런 나를 살린 건 엘리베이터였다. 조금 전까지만 해도 이십일 층에 있었던 엘리베이터가 순식간에 땡 소리를 내며 눈앞에서 열렸다.

"앞으로 안노라는 좀 거리를 둬야겠어. 넌 어떻게 할래?"

"나, 나?"

"거리 둘 거지?"

그 정도 일로 그러면 안 될 것 같은데.

"윤해환, 나랑 노라 중 누구 편이야?"

"네 편. 네, 네 편이지."

"그래, 그거야."

나애가 웃어 보였다. 나는 얼결에 따라 웃었다. 나애 말이 옳았다. 노라와 나애, 둘 중 한 명을 고르라면 나는 나애의 편이어야 했다.

나는 나애의 집 현관문이 열리자마자 매우 놀랐다. 문을 열고 들어가자, 중문이 있었다. 중문을 열자, 슬리퍼가 다소곳하게 놓여 있었으며, 복도가 있었고, 복도를 사이에 두고 좌우로 닫힌 방문이 세 개나 있었다! 게다가 우리 집 전체보다 큰 거실 옆에는 방문이 하나 더 있었다.

방이 네 개라니! 우리 집은 방이 딱 두 갠데!

더 놀라운 건 복도며 거실의 벽이었다. 고가로 보이는 그림들이 걸려 있었다.

나애가 가방을 소파에 던지듯 내려놓았다.

"가방 대충 놔. 뭐 마실래?"

"아, 으응. 아무거나."

"커피가 좋으려나. 카페라테?"

"카, 카페라테? 그건 카페서 파는 거 아냐?"

"아, 우리 집 에쏘머신 있거든."

나애가 낯선 물건 앞에 서서 말했다. 아마 그게 에스프레소 머신인 모양이었다.

"그래서 마실 거?"

"아, 으응. 좋아."

"그래, 앉아서 기다려. 내가 라테아트 보여줄게!"

나는 나애의 말대로 앉으려고 했다가 당황했다. 대체 어디에 앉아야 폐가 안 된단 말인가!

거실 소파는 가죽이었다. 이것 역시 처음 보는 고급품이었다. 주방 식탁 역시 마찬가지였다. 대리석이었다. 그렇다고 바닥에 앉기엔 너무 깨끗했다. 이런 곳에 내가 앉아도 될까?

나는 한참을 망설이다가 들고 온 두루마리 휴지를 떠올렸다. 두루마리 휴지를 놓고 그 위에 앉았더니 안심이 됐다.

나애는 양손에 머그잔을 들고 다가오다가 날 보고 웃었다.

"왜 그렇게 앉았어? 두루마리 휴지 그 용도로 가져온 거야?"

"아, 아니 그게. 이런 곳이 처음이라서. 어색해서. 아, 이건 엄마가 가져다드리라고 하셔서 가져왔어."

내가 쩔쩔매며 두루마리 휴지를 나애에게 내밀었다.

"마음은 고마운데, 우리 집은 그런 거 안 써. 도로 가져가 줄래?"

그런 거라니…… 뭐라고 해야 할지 모르는 사이 나애가 계속 말했다.

"그건 현관문 앞에 놔두고 내 방 가자. 오케이?"

나는 나애에게 머그 한 잔을 건네받았다. 다른 손에는 두루마리 휴지를 들고 나애의 뒤를 따랐다. 나애는 현관문에 들어오자마자 바로 보였던 방문을 열면서 동시에 현관 앞 중문을 열었다. 나애가 현관 바닥을 가리키며 말했다.

"여기 놔뒀다가 다시 가져가."

"아, 으응."

나는 현관에 휴지를 놓은 후 중문을 닫았다. 현관에 홀로 남은 두루마리 휴지가 왠지 안쓰러웠지만, 애써 모르는 체하고 나애 방에 들어갔다.

내 방에는 침대와 책상, 책장 등이 옹기종기 모여 있다. 그 탓에 안 그래도 좁은 방이 더 좁아 보인다. 나애의 침실은 달랐다. 책상과 책장이 없었다. 대신 침대랑 옷장, 내겐 없는 화장대와 유리로 만든 둥근 테이블이 공간을 꾸미고 있었다. 모두 고급스러웠다. 하지만 이 모든 풍경보다 더 시선을 끄는 것은 침대 머리맡에 걸린 그림이었다.

중년으로 보이는 한 남자가 라탄으로 만든 의자에 반쯤 누워 있다. 남자의 한 손엔 담배가, 다른 한 손에는 읽다 만 책이 들려 있다. 남자는 일광욕하는 듯하다. 그렇지 않다면 남자를 둘러싼 모든 것이 황금색일 이유가 없다. 남자의 시선은 나른하면서도 뭔가를 꿰뚫는 듯하다.

"그림이 엄청 강렬하지? 프란티셰크 쿠프카의 〈옐로 스케일〉이라는 그림이야. 작가의 자화상이지. 언젠가 진품을 가질 거야."

　나는 남자의 두 눈에 사로잡혔다. 남자의 얼굴을 그릴 당시
나애는 아직 태어나지도 않았으리라. 그런데도 나는 화가가
나애를 모델로 그림을 그린 것이라는 확신이 자꾸 들었다. 그
만큼 남자의 얼굴은 어딘지 모르게 나애와 닮은꼴이었다.

　"뭔가 할 말이 있어 보이는데?"

　"아, 그게. 혹시라도 너 기분 나쁠 수도 있을까 봐."

　"해봐. 뭔데? 뭔데?"

　"저 남자랑 너랑 어딘지 모르게 닮은 것 같아."

　"역시 환이야!"

　나애의 얼굴에 처음 보는 함박웃음이 돌았다.

　"맞아! 그래서 내가 이 그림을 내 방에 건 거야! 우리 엄마한
테 졸라서! 아, 내가 말 안 했나? 우리 엄마 화랑 해. 미술품 파
는. 중학교 들어갈 때 내 방에 걸 그림 사준대서 이거 받았어!
디지털 프린트지만 언젠간 꼭 진품을 가질 거야! 아, 물론 비밀
이야. 이런 말 하면 뭔가 이상해 보이는지 다들 비웃더라고. 우
리 아빠도 네가 어떻게 그런 걸 가지겠니? 막 이랬어. 공부나
열심히 하라고. 나더러 그래서 성적이 안 오르는 거라고. 앗, 이

것도 비밀! 비밀이야!"

나애의 말에 나는 고개를 끄덕일 뿐이었다. 엄마가 화랑을 하다니, 너무 멋져 보였다. 게다가 진품을 걸 거라니, 어쩐지 나애는 할 수 있을 것 같았다. 나는 이 마음을 최대한 담아서 말했다.

"넌 정말 될 것 같아. 나애야, 넌 대단한 사람이니까 분명 진품을 가질 수 있을 거야."

나애가 놀란 표정을 지었다. 눈가가 살짝 촉촉해지는 것도 같았다. 그러더니 내 손을 꼭 잡고 말했다.

"나, 처음이야. 그런 말 들은 거. 고마워, 환. 역시 넌 좋은 애야. 내가 정말 사람을 잘 봤어. 자, 이제 앉자! 커피 마셔야지!"

우리는 티 테이블에 마주 보고 앉았다.

"어때? 내 라테아트?"

나는 머그잔 안을 들여다봤다. 커피 위에 하트가 그려져 있었다.

"와, 이거 어떻게 한 거야?"

"그냥 되던데? 맛은 어때?"

나는 호호 불어 조심스레 하트를 피해 한 입 맛봤다.

"맛있어! 뭔가 달라!"

"그렇지? 게이샤 원두야. 내가 초이스한 거야."

무슨 말인지 이해할 수는 없지만 좋은 원두인 것 같았다.

집으로 돌아가는 길, 내 마음은 영화 〈오즈의 마법사〉에 나오는 에메랄드 길을 걷듯 갖가지 즐거운 기분으로 가득 차 있었다.

나애에 대해 많은 걸 알게 되었다. 훗날 〈옐로 스케일〉 진품을 갖는 것이 나애의 꿈이라는 사실, 그 때문에 공부를 열심히 한다는 사실, 그리고 카페라테를 할 수 있다는 사실 등등. 이런 건 다른 애들은 절대 알 수 없다! 난 이제 나애의 절친이다!

딱 하나 마음에 걸리는 건, 도로 갖고 나온 두루마리 휴지였다.

하지만 나애네 집 화장실에 들어가 보고 무슨 말인지 바로 이해했다. 나애네 두루마리 휴지는 뭔가 달랐다. 부드럽고, 향기가 나고…… 아무튼 내가 가져온 휴지와는 전혀 달랐다.

그렇다고 이걸 집에 가져가면 엄마가 뭐라고 할 것 같은데, 어떻게 하지? 버려? 말도 안 돼! 새 걸, 어떻게!

그때 내 눈에 아파트 경비실이 보였다. 아이디어가 번쩍 떠올랐다. 경비실에 후다닥 달려가 말했다.

"아저씨, 이거 혹시 가지실래요?"

"뭐? 이걸 왜?"

"아, 우리 집에서 너무 많이 사서요. 필요하면 가지시라고. 엄마가 주변에 좀 나눠드리라고 해서……."

나는 나오는 대로 변명했다. 경비 아저씨는 내 말을 믿는 것 같았다.

"그래? 그럼 고맙게 받을게. 잘 쓸게."

이걸로 성공!

나는 다시 에메랄드 길을 걷는 도로시가 된 기분으로 폴짝폴짝 뛰듯이 집으로 돌아갔다.

2024년 4월 7일 일요일

정확히 내일이 일기, 아니! 주기 쓰는 날이지만 오늘 먼저 쓰기로 한다. 무척 좋은 일이 있었기 때문이다.

좋은 일 1은 물론 나애 이야기♡

나애네 집에 다녀온 후, 나는 나애와 정말 많은 이야기를 나누게 되었다. 그전까지 나애가 주로 하던 말은 내 다이어트, 반장 선거 이야기였으나 이젠 달랐다. 나애는 속마음, 특히 가족에 대한 마음을 털어놓았다.

나애   아빠가 또 뭐라고 한마디 했어.

나애   내가 뭘 그렇게 잘못한 건지 모르겠어.

나애   난 그냥 오늘은 학원에 가고 싶지 않다고 말했을 뿐인데. ㅠㅠ

나애   아빠가 막 물건을 집어 던졌어. ㅠㅠ 무서워. ㅠㅠ

나애   아빠는 날 싫어하는 걸까?

이런 메시지가 갑자기 오면 나는 깜짝 놀라 '즉답'을 보냈다.

해환   ㅠㅠㅠ 많이 힘들겠다. 이젠 괜찮아?

나애   ㅠㅠㅠㅠ 많이 힘들어. ㅠㅠㅠ 우리 아빠가 나 싫어하면 어쩌지!

나애   나 집 나가야 할까? ㅠㅠㅠ

나애 그럼 나 어디서 어떻게 살지? ㅜㅜㅜㅜ

해환 그런 일 없을 거야. ㅜㅜ

해환 우리 집에 재워줄게. ㅜㅜ 걱정하지 마.

나애 고마워 환. ㅜㅜ 너밖에 없어. ㅜㅜㅜㅜ

나애는 전화도 많이 걸었다. 내가 전화를 받으면 이야기를 바로 쏟아냈다.

"우리 아빠는 왜 그럴까? 나를 싫어하는 걸까? 엄마는 왜 이런 아빠를 말리지 않는 거지? 우리 엄마는 아빠가 갑자기 나에게 물건을 던지거나 소리를 지르면 숨어버려. 안 들리는 척해. 아니면 아예 밖으로 나갈 때도 있어. 그러면 나 혼자 아빠가 그러는 걸 감당해야 해. 너무 무서워."

나는 나애의 불안을 진정시키려고 이 이야기 저 이야기를 한참 해줬다.

"뭔지 알 거 같아. 진짜 힘들겠다. 우리 집도 문제가 있거든."

"무슨 문제?"

"우리 집은 늘 돈 문제야. 아빠랑 엄마 수입이 그렇게 많지 않으니까. 엄마 소원은 너네 집 같은 아파트에 가서 사는 거야."

"그럼, 아빠가 직업을 바꾸면 되지 않아?"

"쉽지 않아. 우리 아빠는 고졸이거든."

"너네 엄마는 사서잖아. 대졸 아냐? 레벨이 다른데 어떻게 만나 결혼한 거야?"

레벨이 다르다는 말에 가슴 한구석이 따끔했지만 애써 내색하지 않고 말했다.

"아빠가 엄마 다니는 도서관에 배송하러 출입하다가 그렇게 됐대. 울 아빠도 책 많이 읽거든."

"고졸인데? 흥미롭다. 그래서?"

이 말에 가슴 한구석이 또 따끔.

"독서는 학력이랑 상관없으니까. 아무튼 아빠가 고졸에다 택배 일을 한다고 결혼할 때 외갓집에서 반대가 어마어마했대. 그래서 처음에는 도둑 결혼? 뭐 그렇게 했대. 결혼식도 안 했대. 나 태어날 때까지 연락도 안 받아줬대."

"정말? 결혼식을 안 해? 그럼, 신혼여행도?"

"못 갔지. 나중에 나 태어나고 셋이 함께 처음 여행 갔어. 제주도로."

"말도 안 돼. 우리 '엄빠'는 신혼여행만 막 한 달 갔다 와서 앨

범에, 영상에 장난 아닌데. 결혼기념일마다 그거 거실서 프로젝트로 쏘고 다 같이 봐야 해. 나 정말 지겨워 죽겠다니까?"

"나는 그래도 부럽다. 너희 부모님은 결혼식 해서 한이 없을 거 아냐. 좋은 집 살고. 우리 엄마는 웨딩드레스 입고 싶어 해, 아직도."

"지금이라도 하면 되잖아? 왜 못해?"

"그러게. 왜 못할까."

돈이 없어서라는 말은 차마 나오지 않았다. 그 말을 하면 나애가 왜 돈이 없냐고 물을 테고, 나는 분명 또 가슴 한구석이 따끔해질 테니까.

그래도 가족 이야기를 허심탄회하게 털어놓자, 마음이 훨씬 가벼워졌다. 나애에게 이런 이야기를 할 때마다 어깨에 놓인 무거운 짐이 하나둘 사라지는 느낌이 든다. 나애 역시 그런 기분이겠지?

좋은 일 2는 이번 달부터 점심시간마다 십오 분씩 학교 도서실에서 함께 책 읽는 모임이 생겼다! 물론, 나는 참석! 이번 기회에 셰익스피어를 독파할 테야!

그런데 거기서 뜻밖의 인물을 만났다.

우리 반 왕따, 최정안.

삼월, 정안이 왕따가 된 후 나는 마음이 좋지 않았다. 정안이 아이들 사이를 이간질했다는 이야기를 듣긴 했지만, 세상에 실수 안 하는 사람이 어디 있나?

나는 정안이의 사정도 듣고 싶었다.

정안은 책 읽으러 도서실에 오는 건 아니었다. 아마 교실에 있기 싫어 도서실에 왔는지, 공부만 하고 있었다. 나는 정안이에게 알은체하고 싶었다. 하지만 일단 독서 동아리 활동을 해야 하고, 다른 애들도 있어서 차마 말을 걸 수 없었다. 뭐 하는지 그냥 슬쩍 훔쳐보기만 했다. 정안은 별로 어렵지 않아 보이는 수학 문제를 한참이나 풀고 있었다. 그렇다면 십오 분간의 독서 시간 후에, 애들이 좀 빠지고 나면 말을 시킬 수 있을 듯했다.

나는 집중력이 심하다 싶을 만큼 좋다. 학교에서 시험을 보면 단 이십 분 만에 모든 문제를 풀어버리고 남은 시간은 논다. 책 읽는 속도도 마찬가지. 다른 애들이 십오분 동안 본 분량의 두 배, 세 배 이상을 읽는다.

역시 독서했더니 기분이 상쾌했다. 뿌듯한 마음으로 마지막 읽은 부분을 표시한 후 스트레칭을 하려고 자리에서 일어났다. 그러다 정안이 생각이 났다.

이제 문제집은 다 풀고 놀고 있으려나?

정안은 여전히 문제집에 고개를 푹 처박고 있었다. 나는 조심스레 정안에게 다가갔다. 무슨 문제를 푸는지 살짝 훔쳐봤다. 그런데, 정안은 십오 분이 넘도록 같은 문제를 풀고 있었다!

정안이 내 시선을 눈치챘다. 문제집에 집중하던 그 포즈 그대로 목만 돌려 나를 바라보았다. 안경 너머 동그랗게 뜬 정안의 얼굴에서 나는 작년의 나를 발견했다.

왜 나를 쳐다보고 있을까, 내가 뭔가 또 잘못했을까, 불안감에 휩싸였던 작년의 나, 안녕? 오랜만이야.

"아, 그게. 나 저기서 독서하고 있었는데, 점심 독서 말이야. 계속 같은 문제 풀고 있어서, 아, 내가 혹시 도와줘도 되나? 하고. 아니, 그건 아닌데. 아무튼 잘난 척하는 건 아니고."

나는 횡설수설했다. 나애라면 내 말을 중간에 끊고 자기가 할 말을 시작했겠지만, 정안은 달랐다. 내 말을 끝까지 듣더니 조심스레 말했다.

"저, 그럼 혹시 폐가 아니라면…… 푸는 방법 알려줄 수 있어? 나는 아무리 해도 이해가 안 돼서."

"물론이지!"

나는 정안이 옆에 앉아서 차근차근 내가 푸는 방식을 설명했다. 정안은 내 설명을 가만히 듣더니 또 한 번 조심스레 말했다.

"나는 수학이 엄청나게 약해. 학원에 다니는데도 잘 이해가 안 돼. 그런데 해환이 네 설명을 들으니 잘 알겠어. 혹시 괜찮으면, 또 너 괜찮을 때, 모르는 거 물어봐도 될까? 거절해도 괜찮아."

정안의 무척 조심스러운 말투에, 또 작년의 내 모습이 떠올랐다. 정안은 얼마나 많은 단어 중 신중하게 말을 골랐을까. 힐난을 받을까 봐 얼마나 두려웠을까. 그런 정안이에게 대꾸할 말은 단 하나뿐이었다.

"응, 얼마든지!"

"고마워."

다음 날도, 그다음 날도, 나는 점심시간에 정안이와 도서실에서 만났다. 도서 활동이 끝난 후 오 분, 십 분이라도 수학 문제를 풀며 이 이야기, 저 이야기를 나눴다. 나는 기뻤다. 나애 말고도 좋은 친구가 또 생겼다는 사실이! 게다가 왕따인 정안이를 돕는 내 모습도 마음에 들었다.

마음 한구석에는 켕기는 마음도 있었다.

이런 나를 나애가 박쥐 같다고 생각하면 어쩌지? 다른 애들이 이런 나를 우연히 보고 따돌리려 들면 어쩌지?

놀랍게도, 정안은 이런 내 마음을 눈치채고 있었다.

"저기, 해환아. 내가 이런 말 한다고 오해하지 말고 들어줬으면 해. 내가 음…… 스스로 말하기는 좀 괴롭지만, 내가 왕따잖아. 그런데 네가 나랑 같이 이렇게 매일 공부하는 걸 누가 보면 너도 왕따당할지도 몰라. 그래서 말인데 혹시, 너만 괜찮다면, 우리 집에 와서 공부할래? 아, 물론 안 괜찮으면 거절해도 괜찮아."

"조, 좋아!"

나는 바로 정안이의 말에 고개를 크게 끄덕였다.

"괜찮으면 내일 올래? 안 괜찮으면 미뤄도 정말 난 괜찮아."

"아냐, 아냐! 나 주말에 완전 한가해! 내일 보자!"

"정말?"

정안이 처음으로 환하게 웃었다.

"그럼, 오후 두 시에 우리 집에서 볼래? 내가 우리 집 주소 메시지로 보내줄게!"

이날 밤, 엄마에게 정안이와 나눈 이야기를 들려주었다. 엄마는 나애와 사귀게 되었다는 말을 들었을 때만큼 기뻐했다.

"우리 딸, 이 학년이 되고 정말 의젓해졌구나. 좋은 친구를 여럿 사귀는 것 같아."

나는 좀 우쭐한 마음이 들었다. 더불어 이런 생각도 했다.

나애가 그런 것처럼 내가 정안이 왕따 문제를 해결하는 거야. 그러면 우리는 모두 좋은 친구가 되는 거지. 포켓몬처럼!

나는 나름의 계획을 머릿속에 뭉게뭉게 떠올리며 우쭐거렸다. 그런 내 환상을 깬 건 엄마였다.

"잊지 말고, 정안이네 부모님께 가져다드려."

싸다고 쟁여놓은 두루마리 휴지를 엄마가 또다시 꺼내 보였다.

또, 또, 또!

나애네 집에 들고 갔을 때, 나애는 난감해했다. 결국 나는 두루마리 휴지를 도로 들고나와 경비 아저씨께 드렸다.

정안이네 집도 최신식 아파트다. 이런 걸 안 쓰면 어쩌지?

에이, 몰라! 싫어하면 또 경비 아저씨 드리자!

나애네 집에 가봤다고, 이번엔 최신식 아파트에 당황하지 않았다. 공용 현관 벨을 누르자 정안의 목소리가 들리며 문이 열려도, 엘리베이터의 올라가는 버튼이 자동으로 눌려 있어도 놀라 쳐다보지 않았다! 그보다 염려되는 건 두루마리 휴지였다. 나는 정안이의 집에 들어가자마자 약간 긴장해서 두루마리 휴지부터 내밀었다.

"이거, 우리 엄마가 가져다드리라고 하셔서."

"와, 고마워. 정말."

럭키 비키! 정안은 바로 두루마리 휴지를 받아주었다.

정안이의 집은 방이 세 개였다. 안방은 부모님이 함께 쓰시고, 다른 방 두 개는 언니와 둘이 나눠 쓴다고 했다.

"오늘 부모님이랑 언니는 외식하러 갔어."

"어? 너는 안 가고?"

"나는 아침을 늦게 먹어서."

정안이의 방은 나애의 방과 달랐다. 내 방과 비슷해 안정감이 들었다. 정안이의 방에는 그림이 없었다. 평범하게 책상과 책장이 있었다. 정안이네 집에는 에스프레소 머신이 없었다. 냉장고에서 음료수를 꺼내 주었다. 조금 이상한 점은 있었다. 정안은 내게 음료수를 따라주면서도 자기 컵은 갖다 놓지도 않았다.

저녁 무렵, 정안이의 부모님과 언니가 귀가했다. 함께 저녁을 먹자고 하기를 은근히 기대했다. 이 시간에는 집에 가도 집에 아무도 없다. 엄마는 주말 근무고, 아빠는 배달 중이다.

"그럼, 내일 또 같은 시간에 볼래?"

어라, 저녁 먹고 가라고 안 하네?

나는 약간 섭섭했지만 티를 내지 않고 말했다.

"아, 으응! 그래!"

어쩔 수 없지! 나 혼자 기대한 건데, 뭐!

일단 집으로 돌아갔다.

다음 날, 정안이 집에는 또 아무도 없었다. 정안의 부모님과 언니는 또 외식하러 나갔다고 했다.

"오늘도 나는 밥을 좀 늦게 먹어서."

이틀 연속 정안이만 외식에 안 가다니 좀 이상했다.

혹시……!

갑자기 이런 생각이 들었다. 설마 정안은 집에서도 왕따당하는 걸까?

그렇다면 어제, 저녁을 먹고 가라는 말을 안 한 것도 이해가 된다. 정안은 자신이 가족에게 구박당하는 모습을 안 보여주고 싶었던 거다!

나는 확신이 생겼다. 정안이 방에서 공부를 시작하고 얼마 지나지 않았을 때, 조심스레 물었다.

"정안아, 혹시 너 집에서 많이 힘들어?"

"응? 무슨……."

"어제 점심도 저녁도, 오늘 점심도…… 너만 밥을 안 먹는 것 같아서. 혹시 무슨 사정이 있어?"

정안이 내 말에 놀란 표정을 지었다.

"어떻게 눈치챘어?"

"아니, 그냥. 좀 보였어."

"그렇게 티가 났구나. 정말 조심했는데……."

역시 내 예상이 맞았다! 정안은 집에서도 따돌림을 당하고 있었구나! 나는 정안이를 어떻게 위로할지 여러 생각을 머릿속으로 굴렸다.

"나, 혼자 아니면 밥 못 먹는 게 그렇게 티가 났구나……."

그런데 뜻밖의 말이 이어졌다.

"정말 그러려는 게 아닌데…… 누가 있으면 밥을 못 먹겠어. 아무것도 먹고 싶지 않아. 나도 이런 내가 정말 싫어."

갑자기 학기 초에 정안만 별토끼떡볶이에 안 왔던 일이 떠올랐다.

그때, 정안은 일부러 안 온 게 아니라 함께 먹는 게 힘들어서 그랬을까? 그렇다면 원인은…….

"일 학년 때 무슨 일이 있었던 거야? 혹시 말해줄 수 있어?"

정안이 얼굴에 슬픔과 분노, 놀라움과 당혹감이 한참 오갔다. 그러다 눈가에 눈물이 고여서는 금방이라도 흘릴 듯한 표정이 되었다. 가까스로 입을 열었는데 말이 잘 안 나오는지 울먹이는 소리만 내다가 말했다.

"난, 그러니까 나는 일 학년 때, 어떻게 된 거냐면……."

정안이 눈앞에서 고개를 푹 숙였다. 말 그대로 닭똥 같은 눈물을 뚝뚝 흘렸다. 나는 당황해서 급히 정안의 방을 나왔다. 화장실에 들어가 휴지를 몇 칸 끊어 왔다. 정안에게 내밀었다. 정안은 휴지를 받아 눈물을 훔쳐냈다.

"미안해. 말을 잘하고 싶은데 정리가 안 되네."

"아니야, 그럴 수도 있지. 나야말로 어려운 걸 물어봐서 미안해."

"아니야, 아니야, 아니야. 나도 그때 이야기를 하고 싶어. 그때 무슨 일이 있었는지, 왜 이렇게 된 건지, 누군가에게 말하고 싶어. 그런데 못 하겠어. 말을 하려고 하면 눈물만 나고. 너무너무 갑갑해."

나는 정안이에게서 다시 한번 작년의 내 모습을 떠올렸다.

작년에 나도 그런 생각을 자주 했다.

생각을 한다고 고민이 해결되는 일은 없었다. 오히려 심란해질 뿐이었다. 그때 우연히 읽었던 왕따에 관한 책《유리가면》이 마음에 들어 작가의 SNS를 훔쳐봤다가 이런 글을 보았다.

저는 반추를 자주 합니다. 안 좋은 일을 곱씹는 버릇이 있어요. 생각의 되돌이표에서 벗어나기 위해 일기를 씁니다. 일기를 쓰기 전 외칩니다.

"이걸 쓰고 나면 잊자, 나! 할 수 있다, 나!"

그러고는 정말 잊으려고 노력합니다. 처음엔 잘 안 됐지만, 하다 보니 잊을 수 있게 됐어요. ^^

나는 작가를 흉내 내기로 마음먹었다. 일기를 썼다. 작가의 말이 옳았다. 조금씩 나아졌다. 언젠가부터 다음 날, 학교에 가서 버틸 힘은 얻을 수 있었다.

어쩌면 정안이도 그럴 수 있지 않을까?

"혹시, 일기 써볼래? 나는 작년에 일기 쓰면서 왕따 버틸 수 있었어."

"무리야."

정안은 고개를 저었다.

"나는 혼자 글 써본 적이 없어. 그런 걸 어떻게 해."

혼자 쓸 수 없다. 그렇다면……

"같이 쓸래?"

"같이?"

"응. 같이. 우리 교환 일기 쓰자! 혼자 쓰는 건 힘들어도, 내게 말을 거는 식으로 쓰면 괜찮지 않을까?"

"그러면 좋겠다."

정안이의 표정이 좋아졌다.

"우리가 교환 일기 쓰면, 학교에서도 해환이랑 이야기하는 기분이 들 거야!"

정안은 빈 노트를 하나 찾아왔다. 《빨간 머리 앤》의 주인공 앤과 검은 머리 다이애나가 표지에 그려진 노트였다.

"정안이 너도 《빨간 머리 앤》 좋아해? 나도 그런데!"

"응, 좋아해."

"혹시 정안이 너도 다이애나랑 앤 같은 우정 나누고 싶었어?"

"응! 너도?"

우리는 새로운 공통점에 또 한 번 기뻐했다. 앤과 다이애나의 머리 위에 각기 '환'과 '안'이라고 적은 후 ♡를 사이에 그렸다. 그러고는 다음과 같이 적었다.

교환 일기

*

요즘 나와 나애는 더 친해졌다.
그러니, 내가 정안이 이야기를 잘해주면
어떻게 이 상황이 해결되지 않을까?
나는 이런 내 마음을 교환 일기에 적어 보냈다.

2024년 4월 13일 토요일

지난 일주일 동안, 나는 정안이 언제쯤 교환 일기를 전달할지 계속 신경 썼다. 우리는 학교에서 서로 접점이 없는 척해야 한다. 그렇다면 역시 점심시간 도서실에서?

나는 아마 그럴 거라고 예상했다. 월요일도 나애와 함께 점심을 먹은 후 도서실로 향했다.

아, 요즘은 나애와 단둘이 밥을 먹는다. 노라는 요즘 다른 애들과 밥을 먹는다. 우리가 없는 것처럼 군다. 가끔, 우릴 노려보기도 한다. 역시 횡단보도에서 있었던 일이 원인이었을까?

나는 나애가 노라와 화해하길 바란다. 하지만 나애한테 어떻게 말해야 할지 모르겠다. 말을 잘못 꺼냈다가는 나애가 노라 편을 든다고 오해할 것만 같았다.

어쨌든!

나애와 점심 식사 후 도서실로 향했다. 나애가 독서에 전혀 관심이 없는 게 다행이었다.

그런데 도서실에 정안이 없었다. 이상했다. 다음 날도, 또 그 다음 날도 매일 도서실로 향했지만 정안은 만날 수 없었다. 무슨 일이 있는 걸까 염려스러웠다. 메시지를 보내고 싶었지만 참았다. 일 학년 때 이야기를 묻자마자 울던 정안이의 얼굴이 떠오른 탓이다.

너무 힘들어 쉽게 교환 일기를 쓸 수 없는 걸 수도 있어. 기다리자. 지금 제일 힘든 건, 정안이니까!

정안이의 교환 일기는 예상치 못한 방법으로 도착했다. 오늘 아침, 딩동 하고 초인종 소리가 나서 나가 보니 밀봉한 종이봉투가 벽에 기대어 서 있었다. 종이봉투에는 보내는 이의 이름에 안, 받는 이의 이름에 환이라고 적혀 있었다.

방에 가져와서 봉투를 열어보았다. 봉투 안에는 포스트잇이 붙은 초콜릿과 교환 일기가 들어 있었다.

포스트잇에는 이렇게 적혀 있었다.

너무 늦었지?

미안! 대신 초콜릿 동봉!

나는, 정안이 왜 내게 말도 안 걸고 갔을까 의아했다. 교환 일기를 펴보니 첫 장이 조금 젖어 있었다. 나는 정안이 눈물 흘리며 일기장을 적는 모습을 상상하고는 가슴이 아팠다.

* * *

다정한 환에게.

먼저 말을 걸어줘서 정말 고마워. 우리 집에 와준 것도, 내게 교환 일기를 권해준 것도 너무 고마워.

처음에는 교환 일기를 펴고, 뭘 적어야 할지 몰랐어. 그래서 위의 문장을 적고 다음 날이 되어서야 다시 교환 일기를 폈어.

그런데 또 울었어.

작년 이야기를 되는대로 담담하게 적을 셈이었어. 하지만 마음처럼 되지 않더라. 노트를 펴고 적으려고 하자, 환한테 말하려고 했을 때처럼 자꾸 눈물부터 터졌어.

아무래도 안 될 것 같아 방법을 바꿨어.

눈물이 뚝뚝 흘러 젖어도 괜찮은 노트에 적은 다음 옮기기로. 그렇게 몇 번이고 정리한 뒤 이곳에 옮겨 적기로.

처음에는 엉망진창이었어.

내가 글을 적고 있는 건지, 울고 있는 건지 구별이 안 될 정도였어. 하지만 아주 조금씩 나아지더라. 사각사각, 연필이 움직이는 소리에 집중하자 적을 수 있었어. 그렇게 몇 날 며칠을 적어서 어젯밤에야 드디어! 첫 교환 일기를 완성했어.

일단 노라와 내 사이부터 이야기하는 게 순서 같아.

나는 초등학생 시절부터 노라와 친구였어. 아주 친한 사이는 아니었어. 그냥 같은 초등학교에서 같은 중학교로 왔는데 같은 반이 돼서 어울리게 된 케이스?

중학교에 입학하고 나서 당연하다는 듯 임시 반장을 맡았어. 나는 초등학생 때 학생회장도 해보고, 반장도 많이 해봤거든. 그런 내게 나애가 다가와 말을 걸었어. 정확히는 노라와 나에게.

"너네 어디 살아?"

우리는 각기 사는 아파트를 말했어. 그랬더니 나애가 눈을 반짝이며 묻더라고.

"자가? 전세? 월세?"

좀 이상한 질문이었지만 담담하게 대답했지. 우리는 각자 대답했어.

"전세인데? 그건 왜?"

내가 말했어.

"우린 자가."

노라도 말했어.

"나도 자가. 앞으로 같이 다닐래?"

지금 생각해 보면, 나애는 이때, 내가 아니라 노라를 보며 말했던 것 같아. 물론 기분 탓일 수도 있지만.

얼마 안 가 노라랑 나애 둘이 다니게 됐어. 내 앞에서 둘이서만 귓속말하고, 서로 스마트폰으로 메시지를 주고받기도 했어. 나는 좀 서운해서 둘에게 말했어.

"내 앞에서 너네 둘만 대화하는 건 예의가 아닌 것 같아."

"아 그래? 미안하게 됐네."

나애가 말했어. 사실 말투가 좀 별로였지만 더 이상 뭐라고 하지 않았어. 내 마음이 통했으면 그걸로 된 게 아닐까 싶었거든. 그 이후로는 노라랑 나애가 내 앞에서 둘이서만 비밀 이야기를 하지는 않았고.

대신 반 분위기가 조금씩 이상해졌어. 갑자기, 내가 말을 걸면 애들이 피했어. 뭔가 이상한 것 같아서 노라와 나애에게 물어봤지만, 둘은 잘 모르겠다고, 내 기분 탓 아니냐고 되묻더라고. 그렇게 일주일이 지나자, 이젠 노라와 나애조차도 나랑 안 다니려고 했어.

난 혼자 다녀야 했어. 점심시간도, 이동 수업도, 체육 시간도.

혼란스러웠어. 갑자기 다들 나한테 왜 이러는 건지, 내가 뭘 어쨌다는 건지…… 그러자 마음에 걸리는 건, 예의가 아니라고 했던 말이었어.

혹시 그때 내 말투가 아주 사나웠을까?

그래서 나한테 말을 걸기가 불편해졌을까?

나는 고민했어. 하지만 물어보기가 겁났어. 내 말투는 내가 모르잖아. 내가 또 그런 말투로 말했다가 사이가 더 틀어질 수도 있잖아.

언젠가부터 교실에 있는 게 힘들었어. 다들 내게 말을 안 거니까 너무 불안하더라. 화장실로 숨었어. 화장실 칸에 혼자 있으면 안심이 됐어. 이곳에서는 날 따돌릴 사람이 없으니까. 어느 날 점심시간, 내가 또 밥 먹은 후 화장실에 숨어 있는데 우리 반 애들이 들어왔어.

"최정안 그렇게 안 봤는데, 어떻게 조나애를 따돌리려고 했대?"

"그러니까. 순하게 생겨서는 무섭더라고. 나애가 와서 말 걸면 보란 듯이 노라랑만 이야기했다며?"

"듣고 보니 나도 그러는 거 본 것 같더라고. 나애가 뭐라고 하면 나애 안 쳐다보고 노라 쳐다보며 둘만 귓속말하는 거 같더라고."

애들은 이를 닦으며 대화한 뒤에 나갔어. 나는 혼란스러웠어. 내가? 내가 그런 짓을 했다고? 아닌데, 그런 짓을 한 건 나애랑 노라 아닌가? 동시에 자꾸 이런 생각도 들었어. 저건 나한테 들으라고 하는 소린가? 내가 화장실에 있는 걸 눈치채고 하는 말인가? 아니겠지. 우연의 일치겠지.

그렇게 생각하고 싶은데, 안 되더라. 내가 그곳에 있는 걸 알고 그 애들이 이런 소리를 하는 것만 같았어. 날 괴롭히려고,

눈치 주려고……. 또 조금 지나면 내가 너무 예민해져서 이런 생각을 하는 것 같고, 혼란스러웠어.

그때 처음, 학교에서 울었던 것 같아. 소리 내면 들킬까 봐, 꺽꺽 소리를 참으며 화장실에서 입을 꽉 다물고 울었어. 대체 나한테 왜 이러는 거냐고, 내가 언제 나애를 따돌렸다는 거냐고, 한참 원망했어. 울고 나니 일단은 시원하더라. 그리고 화가 나더라. 나애와 노라한테 한마디 해야 할 것 같았어. 둘은 아직 식당에 있었지.

"내가 언제 나애를 따돌리려 했어? 날 무시한 건 너네잖아!"

좀 사나운 말투였던 것 같아. 감정이 격해져 있었으니까. 눈물이 다시 나오려고 했어. 나는 눈물을 참고 한 번 더 말했어.

"말해 봐! 어서! 내가 뭘 그렇게 잘못해서 이러는 건지 말해 보라고!"

나애 얼굴이 어두워졌어. 금방이라도 눈물을 흘릴 것 같은 표정이 되더라. 나는 기가 막혔지. 진짜 울 사람은 난데, 감정이 북받치는 건 난데!

내 목소리가 생각보다 더 컸나 봐. 다른 애들이 우릴 흘깃거렸어.

"나애가 너 이럴 거라고 말했는데, 정말이네?"

노라가 말했어.

"그게 무슨 소리야? 내가 뭘 어쨌다고?"

"뻔뻔하긴. 이미 나애한테 다 들었거든? 너 나애한테 은근히 눈치 줬다며, 나랑 너랑 친한데 그 사이에 끼어들었다고 노려 보고 무시했다며. 나애가 얼마나 괴로워한 줄 알아? 나애, 나랑 통화하면서 펑펑 울었어, 새벽 두 시까지."

"내가 언제 무시했다는 거야! 내가 누굴 눈치 줬다고! 눈치 준 건 너랑 나애잖아! 셋이 있으면 나 사이에 두고 귓속말하고, 카톡으로 말하고!"

"이것 봐, 또 이러잖아. 그때는 그냥 둘이 할 이야기가 있어서 그랬어. 나애 집안 이야기 듣느라 그랬다고! 이런 게 네 문제야!"

"노라야, 그만해. 난 괜찮아."

"나애, 너도 말 좀 해봐."

나는 답답해서 나애에게 말했어.

"대체 내가 너한테 언제 눈치를 줬다고 그래? 널 언제 무시했다고 그래? 제발, 좀 말 좀 해봐!"

나애는 답하지 못했어. 내 말에 깜짝 놀라서는 어깨를 움찔하더니 눈물을 뚝뚝 흘리기 시작했어. 나는 미칠 것 같았어. 지금 울고 싶은 게 누군데, 나애가 제대로 말을 안 해서 왕따가 된 게 누군데!

"왜 울어!"

나는 나애의 두 어깨를 잡고 소리쳤어.

"제대로 말하라고! 내가 그런 적 없다고! 제발 말 좀 해달라고!"

"꺅!"

나애가 짧게 비명을 질렀어. 노라는 흥분해서 나애의 어깨를 잡은 내 손을 탁 소리 나게 쳤어. 나애 앞을 막아서며 소리쳤어.

"너, 지금 나애 치려는 거냐!"

"뭐? 그게 무슨……"

나애가 다시 비명을 질렀어.

"야! 그만해!"

다른 애들이 우리 사이에 끼어들었어. 어느새 우리 반 애들이 모두 와 있었어.

"너 진짜 왜 그러냐?"

"이제 나애 때리려고까지 해?"

"왜 조나애 울리는데?"

애들이 나를 동그랗게 둘러쌌어. 각기 손으로 내 어깨를 툭툭 치고 발길질하며 말했어.

"소문이 맞았네. 네가 나애 괴롭힌 거네?"

"아니야! 그런 게 아니라고! 난 지금 너무 억울해서 그냥!"

"시끄러워! 변명하지 마! 지금도 괴롭히고 있었잖아!"

"아, 진짜 이런 게 어떻게 반장이지? 너 반장 관둬!"

"아니야! 그런 게 아니라고! 정말, 아니란 말이야!"

애들은 내 말을 믿지 않았어. 오히려 더 화가 난다는 듯 소리를 질렀어.

가까스로 소동이 끝난 건 선생님이 온 후였어.

"거기! 무슨 일이야!"

나는 선생님께 말해야 할지, 아니면 그대로 가만히 있어야 할지 알 수 없었어. 다른 애들도 마찬가지였고. 몇 명은 내게 "아무 말도 하지 마", "너 이르면 가만 안 둬" 같은 소리도 했어.

"생일이에요!"

이때, 나애가 재빠르게 나섰어.

"얘, 생일이라서! 저희가 생일 축하하던 중이었어요!"

나애는 언제 울었냐는 듯 생글생글 웃으며 우리 중 한 명을 붙잡고 말했어. 나애의 말에 노라가 호응했어.

"생일 축하합니다! 생일 축하합니다!"

노라를 따라 다들 표정을 바꿔서 생일 축하 노래를 불렀어. 그러자 소동은 흐지부지됐어. 선생님도 우리에게 "적당히 해라, 좀" 하고 가버렸어.

나는.

나는…… 아직도 잘 모르겠어.

이때 그냥 넘어간 게 옳았는지, 아니면 선생님께 내가 왕따 당하고 있었다고 말해야 했는지…….

이날 이후 식당만 가면 그때 일이 떠올랐어. 다시 애들이 날 둘러싸고 소리를 지르고 때릴 것만 같았어. 처음에는 혼자서 급하게 먹었지만, 얼마 안 가서 자꾸 토했어. 그런 일이 반복되자 그냥 안 먹게 됐어.

집에서 도시락을 싸 왔어. 학교 뒷마당 주차장에 숨어서 혼자 밥을 먹었어. 이곳이라면 절대 날 찾지 못할 테니까. 비가 오면 화장실 칸에 숨어서 밥을 먹었어. 그래야만 마음이 편했으니까.

나는 계속 생각했어. 내가 정말 나애에게 눈치를 줬을까. 어쩌면, 정말, 무의식중에 그런 오해를 살 말을 한 건 아닐까. 또 생각했어. 그날, 내가 식당에서 나애에게 소리를 지르지 않았다면 이렇게까지는 되지 않았을까. 지금이라도 사과하면 어떨까. 하지만 조금 지나면 화가 났어. 내가 잘못한 게 대체 뭐야! 이게 정말 내 잘못이야? 이 잘못이 따돌림을 당할 정도로 큰 거냐고! 나는 결국 딱 한 가지만 생각하기로 마음먹었어. 버티자. 어떻게든 일 학년을 버티자. 이 학년이 되면 분명 달라질 거다. 나애와 다른 반이 되면, 뭔가 달라질 거다. 하지만 결과는 네가 보듯이…… 나는 또 나애, 노라와 한 반이 되었고, 처음엔 괜찮아 보였지만, 다시 왕따가 되었지…….

나는 교환 일기를 적기 직전까지도 계속 같은 생각을 하고 있었어. 내가 뭘 잘못했을지, 나애랑 노라가 그때 나한테 왜 그랬는지, 누가 더 잘못했는지만 반복해서 생각했는데, 이 글을 적다 보니 당시 상황을 객관적으로 볼 수 있었어.

그때, 나는 흥분해 있었어. 화가 난 것도 맞아. 그래서 나애의 어깨를 밀친 것도 사실이고. 잘 사과해야 했어. 화를 내서 미안하다고, 화해하자고 해야 했어. 하지만 이게 왕따가 될 이유는 아니야. 나는 왕따가 될 만큼 큰 잘못을 하지 않았어. 누구도 왕따가 될 잘못 같은 건 하지 않아. 오해가 쌓이면 풀어야 하는데 풀지 않고 그대로 왕따시키는 건 분명 잘못된 거야. 그동안 나는 내가 너무 싫었어. 내가 대단한 문제가 있어서 왕따가 됐다고 자책했어. 하지만 이젠 그러지 않으려고.

마음이 훨씬 후련해졌어. 고마워. 네가 내게 먼저 말을 걸어 줘서, 교환 일기를 적자고 해서…… 물론 조금 지나면 나는 또 자책할 거야. 그때 왜 그런 말을 했을까, 후회하겠지. 결국 왕따가 될 만한 일을 해서 이렇게 됐다고 생각하겠지. 그때마다 이 말을 떠올리려고.

잘못은 왕따시키는 사람에게 있다. 나는 잘못하지 않았다.

고마운 마음으로 가득한 안

* * *

정안이의 교환 일기를 보고 엄청나게 울었다. 언젠가 나는

너무 괴로워서, 당시에 쓰던 일기장에 한 바닥 가득 이런 문장
을 적었다.

내 탓이 아니다. 내 탓이 아니다. 내 탓이 아니다. 내 탓이
아니다.

백 번 이상, 작은 글자로, 엉엉 울면서 반복해서 적었다. 그렇
게라도 하지 않으면 버틸 수 없었다. 정안이도 그랬으리라. 지
금도 그러리라. 나는 자기 이야기를 내게 솔직하게 털어놓은
정안이를 그냥 보고 있을 수 없었다. 요즘 나와 나애는 더 친해
졌다. 절친이라고 해도 좋을 것 같다. 나애는 적어도 내게는 부
드럽다. 그러니, 내가 정안이 이야기를 잘해주면 어떻게 이 상
황이 해결되지 않을까?
나는 이런 내 마음을 교환 일기에 적어 보냈다.

* * *

안에게

네 노트를 보고 엄청나게 울었어. 내 이야기 같았거든.

내가 조금이라도 도움이 된다니 기뻐.

혹시, 저기…… 너만 좋다면, 나애랑 화해할 기회 만들어 볼까?

나 요즘 나애랑 좀 잘 지내고 있거든.

절대 무리하라는 거 아냐.

마음 편하게 생각하고 답 줘!

언제나 변함없는 네 편이 되고 싶은 환

* * *

종이봉투에 교환 일기를 담고 나니 뭔가 허전했다. 정안이 초콜릿을 보낸 것처럼 뭔가 같이 보내고 싶었다. 정안이네 집에 가면서 편의점에 들렀다. 뭘 살까, 고민하다 보니 정안이 먹는 걸 힘들어한다는 사실을 떠올렸다. 혼자 있을 때는 먹는다지만…… 그런 이야기를 봤는데 먹을 걸 선물하면 안 되지, 안되고 말고! 아무것도 안 사고 다시 나왔다. 바로 옆 24시간 문

방구에 들어갔다. 고민 끝에 네 가지 색깔이 있는 볼펜을 골랐다. 이거라면, 정안이도 기분 좋게 받을 것 같았다.

정안이네 아파트에 도착했다. 생각해 보니 이 아파트는 터치 패드에 비밀번호를 입력해야 안에 들어갈 수 있었다. 몰래 주고, 깜짝 놀라게 해주는 계획은 불가능하겠다 싶었는데, 마침 누군가 문을 열고 나왔다.

나는 잽싸게 들어갔다. 엘리베이터를 타고 정안이네 집까지 올라갔다. 종이봉투를 현관문에 기대어 놓은 후 벨을 딩동 누르고 기둥 뒤에 숨었다.

곧 문이 열리고 정안이 나왔다. 종이봉투를 발견하고는 놀란 표정을 지었다가 살짝 웃었다. 나는 그 모습을 숨어서 보고, 함께 웃은 후 엘리베이터에 탔다.

2024년 4월 14일 일요일

오늘 좀 가슴 벌렁거리는 일이 있었다. 그 일을 기록으로 남겨야 할 것 같아서 어제에 이어, 또 일기를 쓴다.

정안이에게 교환 일기를 전달한 후 오늘 메시지가 왔다.

정안 우리 집에 올래? ^^

나는 물론 기분 좋게 가겠다고 했다. 정안이네 집에 도착해
서 이런저런 이야기를 나누는데 나애의 메시지가 도착했다.

나애 나 지금 엄청 좋은 일 있음.

나애 (신난 이모티콘)

나애 (셀카)

나애 (셀카)

나애 (셀카)

나애 (셀카)

나애 (셀카)

나애 (셀카)

나애 여기 어딘지 알겠어? ㅋㅋㅋㅋㅋ

연달아 도착하는 메시지를 못 본 척했다.

나애는 내가 대꾸하지 않아도 저런 메시지를 계속 보낼 테니
까, 그냥 둬도 상관이 없었다.

엄마의 지적도 있었다.

엄마는 지난번 도서관 사건이 너무 충격이었는지, 내게 잔소리를 전혀 하지 않았다. 우린 살짝 어색해졌다. 엄마가 내 눈치를 보는 느낌이랄까?

하지만 나애의 메시지가 끊임없이 오자, 엄마가 결국 입을 열었다.

"해환아, 엄마가 예전에 스마트폰 문제로 널 속상하게 해서 말을 안 하려고 했는데…… 그래도 요즘 스마트폰을 너무 자주 하는 것 같아. 조금 조절해 보는 게 어때?"

"아, 응. 엄마. 나도 그렇게 생각해. 고마워. 지적해 줘서."

나는 진심으로 말했다. 그랬더니 엄마가 놀란 표정을 짓고는 바로 부드럽게 풀어졌다. 좀 울먹이는 말투로 나를 살짝 끌어안으며 말했다.

"아냐, 엄마야말로. 딸이 고맙다고 해줘서 고마워."

"아냐, 엄마. 나야말로 고마워. 다음에도 내가 너무 많이 하면 말해줘."

그날 이후 나애의 메시지를 적당히 모른 척했다. 그럴 만도 한 게, 나애는 늘 심하다 싶을 정도로 비슷한 내용의 메시지를 보낸다.

나애   나, 너무 힘들어. ㅠㅠ

나애   엄마 아빠가 싸웠어. ㅠㅠ

나애   나 죽을 것 같아. ㅠ

이런 식으로 늘 자기 하소연을 하거나, 다른 경우엔 자랑이다.

나애   나 지금 어디게!

나애   맞춰봐!

나애   (사진)

나애   보여? 뒤에?

나애   여기 일 인당 이십만 원짜리 유명 레스토랑이야!

나애   엄마 아빠가 데려와 줬어!

나애   (신난 이모티콘)

나애   (셀카)

나애   (셀카)

나애   (셀카)

나애 (셀카)

나애 (셀카)

나애 (셀카)

나애는 심하면 셀카를 연속해서 스무 개나 보내기도 했다. 그것도 모두 같은 표정, 같은 구도인 경우가 많았다.

대체 왜, 사진을 한 번에 묶어 보내지 않는 걸까? 그것도 셀카를?

나는 좀 질려서 적당히 대꾸하거나 시간을 끈 뒤 답을 보내게 됐다. 눈치 주면 그만하겠지 싶었다. 오늘도 그런 메시지의 연속이었기에 나중에 대답하기로 마음먹었다. 그보다는 정안이랑 왕따 문제를 해결할 방안을 의논하는 게 중요했다.

4월 23일은 중간고사 날이다. 우리는 중간고사를 대비해 함께 공부하다 중간중간 왕따 사건의 해결 방법도 논의했다.

"나는 나애, 노라랑 이번 기회에 화해하는 게 좋을 것 같아. 내가 나애랑 좀 친해졌으니까 가능하지 않을까?"

"나도 그러면 좋겠지만, 해환이 네가 걱정이야. 혹시라도 이 일로 네가 불편해질까 봐. 무리하지 않았으면 좋겠어. 나는 지금 너랑 교환 일기를 주고받는 것만으로도 충분해."

나는 정안이의 마음에 한 번 더 감동했다. 자기가 더 힘든데도 나를 배려해 주다니⋯⋯. 그사이 다시 나애에게 전화가 걸려 왔다. 나는 좋은 아이디어가 떠올랐다.

"앗, 나애다. 스피커로 받아야겠다. 혹시 모르잖아? 분위기 좋으면 바로 화해하자!"

"그래도 괜찮겠어?"

"괜찮아, 괜찮아!"

나는 스피커폰으로 전화를 받았다.

"여보세요?"

"대체 왜 삼십 분 넘게 답을 안 보내는 거야! 왜 내가 전화하게 하는데!"

바로 나애의 고함이 터졌다. 나는 놀라 스피커를 껐다. 스마트폰을 귀에 갖다 댔다.

"뭐했어? 어디야?"

나애가 날카로운 목소리로 물어왔다. 이 상황에서 정안이와 함께 있다고 하면 더 큰 일이 날 것 같았다.

"화장실에. 잠깐."

"삼십 분을? 삼십 분 내내 화장실에 있었다고? 그사이에 스마트폰을 못 봐? 어떻게, 그래?"

"미안, 다음에는 꼭 스마트폰 들고 있을게."

"너무한 거 아냐? 내가 만약 엄청 급한, 절대 지금이 아니면 연락 못 할 이야기였으면 어떻게 하려고 그랬어? 내가 응급실에 실려 가서! 내가 마지막 전화 통화한 사람이 환이라서! 내가 의식이 없어서! 구급대원이 전화한 거면 어쩔 뻔했냐고! 나, 정말 화내기 싫은데 왜 이래? 좀 잘해 달라고! 나도 정말 정말 정말! 이러기 싫어. 나 화내게 하지 좀 마, 환."

"미안해. 내가 왜 그랬을까. 정말 미안해."

계속해서 소리를 지르는 나애를 가까스로 달랜 후 전화를 끊었다.

귀가 다 화끈거렸다. 통화 시간이 이십 분이 넘어서 스마트폰이 뜨거워진 건지, 나애가 소리를 지르는 탓에 진땀이 난 건지 알 수 없었다.

"아, 오늘은 아무래도 곤란하겠다. 나애가 화가 많이 났네."

나는 어색하게 웃으며 정안이에게 말했다.

"그, 그러게. 화가 많이 났네."

정안이도 어색하게 말하며 웃었다.

이후로도 계속 나애의 고함이 생각났다. 답이 늦었다가는 나애가 또 전화 걸어 소리 지를까 봐 무서워 계속 손에 스마트폰을 들고 다녔다. 나애한테 메시지가 오면 바로 답장을 보냈다. 지금 이 일기를 쓰는 사이에도 나애는 몇 번이고 메시지를 보냈다. 나는 그때마다 놀라 바로 답장을 보내고 있다.

작년에 나는 왕따였다. 올해, 나애는 나를 바꿔줬다. 덕분에 왕따 신세를 면했다. 나는 나애가 정말 고맙고 좋다. 그러니 메시지의 답을 빨리 보내는 것도 당연하다고 생각한다. 하지만…… 점점 부담스러워진다. 내가 답하고 싶지 않을 때도 답을 보내라고 하는 나애가 두렵고 무섭다.

이게 정말 옳은 걸까?

나는 앞으로도 계속 이렇게 지내야 할까?

2024년 4월 15일 월요일

지금 시각은 12시 35분. 나애가 잠들고 나서야 일기장을 편다…….

오늘은 종일 너무 힘들었다.

아침 일찍, 일어나자마자 혼란스러운 마음으로 아침 운동에 나갔다. 어젯밤 늦게까지 나애 일로 고민했기에 표정 관리가 힘들었다.

"환, 내가 어제 왜 그랬나 모르겠어!"

나애는 나를 보자마자 말했다.

"하지만 환 나는 정말, 어제 너무 안 좋은 일이 있었어. 아빠한테 심하게 혼이 났거든. 아빠가 이번 중간고사 어떻게 할 거냐고, 매일 놀러만 다니면 어쩔 셈이냐고, 그런 이야기를 하는 거야. 그것도 공개적인 장소에서 창피하게! 나는 너무 괴로웠어. 아빠 이야기를 상담하고 싶은데 네가 메시지 확인을 안 하니까, 자꾸 화가 나고, 답답하고, 우울하고, 무서운 상상만 들었어. 그러니까 환, 나 미워하면 안 돼. 응?"

나애는 거의 울먹이며 말했다. 이런 나애에게 어제 일에 대한 불편함을 말하는 건 상처 주는 일 같았다.

"아, 그래. 우리 서로 조심하자. 나도 잘할게."

"정말? 정말 그럼 우리 괜찮은 거야? 우리 계속 친구야?"

"물론이지! 나애는 내 은인이잖아!"

"환, 너무 좋아! 앞으로 내가 잘할게!"

이걸로 어제 일은 잘 풀렸다고 생각했다.

그런데…… 또 비슷한 일이 일어났다.

중간고사가 다가오자, 잠시 나는 인기인이 됐다! 나는 언제나 전교 일 등이었기에 재수 없다고 뒤에서 욕만 먹었다. 하지만 올해, 나는 달라졌다. 외모도 성격도 바뀌었다. 게다가 반에서 가장 인기 많은 나애와 같이 다니다 보니 애들이 먼저 다가왔다. 어려운 문제나 풀기 힘든 문제, 시험 범위 안에서 나올 만한 문제를 물어보려고 먼저 말을 걸어왔다.

내가 이렇게 주목받다니! 그것도 놀림을 받는 게 아니라 정말 다들 내 도움이 필요해서 날 주목하다니!

나는 애들의 관심에 최대한 보답하고 싶었다. 내가 가진 모든 지식을 동원해서 아이들의 질문에 답했다.

이때까지는 모든 게 완벽해 보였다.

"해환이 설명이 너무 좋다! 선생님보다 설명 잘하는 것 같아!"

"예전엔 왜 몰랐지? 해환이 굉장히 다정한 사람인 것 같아."

"아, 그래! 우리 다음 달 반장은 해환이 어때?"

"난 좋아. 해환이 재밌잖아. 친절하고. 한번 나가봐."

나는 마냥 기쁘기만 했다. 내가 반장이라니! 얼마 전까지만 해도 왕따였던 내가? 나는 하늘을 나는 것 같은 기분이 들었다.

"나애 생각은 어때? 오월에 해환이 반장?"

한 아이가 나애에게 물었다.

나도 나애의 생각이 궁금했다. 애들을 보며 싱글벙글 웃다가 옆자리의 나애를 바라보았다.

그런데.

나애는 무표정했다. 미소가 완전히 사라져서는 눈을 동그랗게 뜨고 그 말을 한 아이를 노려보고 있었다.

나는 이 얼굴을 본 적이 있다.

횡단보도. 나애는 갑자기 멈춰서서 이런 얼굴로 노라를 바라보았다.

"나, 나애야?"

내가 놀라 나애에게 말을 걸었다. 나애는 내 말에 정신이 든 듯 표정을 바꿨다.

"아, 해환이 반장? 좋지! 나도 물론 대찬성이야!"

나애의 바뀐 얼굴에 긴장이 풀렸다. 안심하고 다시 잡담을 나눴다. 나애가 웃어서 나는 아무 문제가 없는 줄 알았다.

내 착각이었다.

집에 돌아가는 길, 나와 나애는 언제나처럼 횡단보도 앞에서 작별 인사를 했다.

이제 노라는 함께 하교하지 않았다. 우리 둘뿐이었다. 반에서 노라와 나애는 서로를 없는 사람처럼 대했다.

횡단보도 신호등이 초록색으로 바뀌었다.

"나애야, 내일 봐!"

나는 손을 흔들어 인사한 후 몸을 돌렸다. 그런데 갑자기 나애가 내 손목을 잡았다.

"나애야?"

파란불의 숫자가 낮아지기 시작했다. 19, 18, 17.

"안 건너? 신호 바뀌었는데?"

"오월 반장 선거 나갈 거야?"

16, 15, 14. 나애는 우리 반에서 팔씨름을 제일 잘한다. 손힘이 엄청나게 세다. 그런데 그 힘으로 내 손목을 꽉 잡는다.

"농, 농담이지. 내가 왜 그런 걸 나가."

손목이 아프다. 너무 아파서 끊어지는 게 아닐까 싶은 정도다.

"정말이지? 정말이지? 정말이지?"

나애가 속사포처럼 말한다. 나는 계속 정말이라고 말한다. 우리가 실랑이하는 사이에도 신호등, 파란불의 숫자가 줄어든다. 13, 12, 11.

"나 배신 안 할 거지?"

10, 9, 8. 나애가 내 손목을 잡은 채 횡단보도에 발을 딛는다. 나는 나애의 손힘에 억지로 횡단보도에 선다. 7, 6, 5.

"환이 너 나 배신하면, 우리 같이 죽는 거야."

4, 3, 2 신호가 곧 바뀌는데, 나애는 꿈쩍도 하지 않는다. 1. 붉은 불이다! 차들이 우리를 향해 경적을 울린다.

나는 공포에 질렸다.

"알았어, 알았다고! 제발, 알았다고!"

"그 말, 믿겠어."

나애가 나와 함께 다시 인도 위로 올라섰다. 우리 뒤로 다시 차들이 지나갔다. 몇몇 차는 우리를 향해 경적을 몇 번 더 울렸다. 빠아아앙.

나는 긴장이 풀려 쓰러질 뻔했다. 그런 나를 나애가 꼭 끌어안았다. 내 머리를 쓰다듬으며 말했다.

"그래, 그래야지. 넌 내 거니까, 환."

어떻게 집에 돌아왔는지 모르겠다.

나는 집에 돌아와서도 멍청히 앉아만 있었다. 그러다 정신이 든 건 또다시 날아온 나애의 메시지 탓이었다.

나애 환 잘 들어갔지?

나애 저녁 뭐 먹나 잊지 말고 사진 보내.

나애 ♥

해환 (신난 이모티콘)

해환 물론이지!

해환 바로 보낼게!

나애 역시 나의 환 ♥

해환 (신난 이모티콘)

해환 ♥

나는 스마트폰을 잡은 채 멍청히 있다가 나애가 시키는 대로 밥을 먹었다. 사진을 보냈다. 답장이 오면 또 답장했다.

나애가 잠이 들고 나서야 해방되었다. 하지만 잠이 오지 않왔다.

절친이란 건, 원래 이런 건가?

하루 종일 연락을 주고받아야 하는 게 절친일까? 내가 싫은 티를 내면 안 되는 걸까?

나는 혼란스러웠다.

대체 나애를 어떻게 대해야 할지, 조언이 필요했다.

누구에게 나애 이야기를 해야 하지?

2024년 4월 16일 화요일

오늘은 나애와 트러블이 없었다. 말 그대로 한숨 돌렸다. 나애 일을 어떻게 하지, 한참 고민하다가 점심시간, 도서실에서 정안이 교환 일기를 건네는 순간 아이디어가 떠올랐다.

"정안아, 혹시 내가 좀 안 좋은 이야기를 적어도 돼?"

"안 좋은 이야기? 어떤?"

"나애 이야긴데…… 내가 너무 고민되는 게 있어서."

"아, 응. 물론이지. 보고 잊을게."

"정말? 고마워! 정말 고마워!"

정안이의 시원시원한 대꾸에 나는 무척 안도했다.

오늘도 계속 나애에게 메시지가 왔다. 답하기 싫었지만 정안이 생각으로 버텼다.

그리고 밤.

지난 며칠간 있었던 일을 최대한 객관적으로 교환 일기에 적었다. 몇몇 부분은 주기장의 내용을 그대로 옮겼다.

아, 마음이 놓인다.

누군가 고민을 털어놓을 상대가 있는 건 참 좋은 거구나.

2024년 4월 17일 수요일

뭐가 뭔지 모르겠다. 너무 힘들다. 너무너무, 힘들다. 너무 힘들다.

온종일 울었다. 계속 눈물만 난다.

핸드폰을 잠깐 켜봤다.

부재중 전화가 잔뜩 쌓여 있었다.

다시 나애의 전화가 온다.

진짜 미치겠다.

스마트폰따위 없는 게 훨씬 나았어!

스마트폰을 꺼버렸다.

내가 왜 이런 일을 당해야 하지? 내가 뭘 그렇게 잘못했지?

모르겠다.

답답하다.

괴롭다.

괴롭다.

너무 괴롭다…….

2024년 4월 18일 목요일

오늘, 학교에 가지 않았다.

"중간고사 얼마 안 남았잖아."

엄마가 놀랐다.

"응. 이십삼 일이야."

나는 애원하는 마음을 담아 엄마를 바라보았다. 엄마는 잠시
나와 눈을 마주치다 말했다.

"그래, 쉬어."

"엄마."

"응?"

"내가 왜 학교에 안 가고 싶은지 안 물어봐?"

"해환이 너 지금까지 단 한 번도 학교 빠진 적 없잖아."

"맞아."

"그런 네가 학교에 안 간다는 건 그럴 만한 이유가 있겠거니, 생각했어. 해환이 너는 엄마 아빠를 곤란하게 할 애가 아니잖니."

"맞아."

"그러니 쉬려면 쉬어. 말하고 싶다면 말하고. 뜻대로 하세요."

"그거 셰익스피어 희곡 제목 아님?"

"어머, 읽었어?"

"아니, 하지만 곧 읽을 거야. 요즘 학교에서 셰익스피어 읽고 있거든."

엄마와 시답잖은 대화를 하고 나니 마음이 훨씬 편해졌다.

스마트폰은 수요일에 꺼둔 상태 그대로다. 나는 나애가 보내는 엄청난 메시지와 부재중 통화 기록을 볼 자신이 없었다.

지금, 이 상황에서 나애의 폭언을 다시 본다면, 난 죽고 싶어질 거다.

처음에는 전화를 껐다고 나애가 우리 집에 찾아오면 어쩌나 두려웠다. 그런데 조금 지나 깨달았다.

나애는 우리 집에 온 적이 한 번도 없다. 내가 늘 나애네 집으로 갔다. 즉, 나애는 우리 집을 모른다!

이 순간, 얼마나 안심했는지 모른다.

여전히 어제 있었던 일이 믿기지 않는다. 내게 왜 이런 일이 일어난 건지 모르겠다. 하지만 적어도 이제는 어제 있었던 일을 떠올리며 울 정도는 아니다.

어제 그러니까…… 나는 정안이에게 나애와의 일을 상의하려고 했다. 교환 일기에 그간 있었던 일을 적어서 학교에 갖고 갔다. 점심시간이 되면 도서실에서 건넬 생각이었다.

나애는 계속 아무 일도 없었다는 듯 나를 대했다. 나는 잔뜩 긴장해서 나애와 이야기를 주고받았다. 어쩌면 그때 티가 많이 났는지도 모르겠다.

점심시간, 학생 식당을 나오자마자 바로 도서실로 향했다.

"또 도서실?"

나애는 탐탁잖은 표정이었다.

"응, 점심 활동 시간이거든."

"그래. 메시지 보내면 잊지 말고 답 줘."

메시지를 보낸다는 말에 나는 가슴이 덜컹했지만, 애써 웃어 보인 후 도서실로 향했다.

정안은 아직 오지 않았다. 오늘은 비가 안 오니까, 정안은 주차장에서 혼자 밥을 먹고 있을 것이다.

나는 적당히 자리를 잡고 최근 읽는 《한여름 밤의 꿈》을 다시 폈다. 얼마 지나지 않아 책 속에 빠져들었다. 이 희곡은 여름밤 우연히 마법에 휩싸인 남녀들이 각기 다른 상대를 짝사랑하면서 일어나는 이야기이다. 나는 이 책을 보며 자꾸 나애를 떠올렸다. 말썽쟁이 요정의 실수로 잘못된 상대를 광적으로 짝사랑하는 등장인물들의 집착이 마치 나애가 나를 대하는 모습과 똑 닮아 있었다.

한참 책을 보는데 머리 위에 그림자가 생겼다.

"왔어?"

나는 정안이 왔나 싶어 다정하게 말하며 고개를 번쩍 들었다.

"서프라이즈!"

정안이 아니었다. 나애가 생글생글 웃으며 나를 내려다봤다.

"나, 나애? 어쩐 일이야?"

"놀라게 해주려고! 요즘 해환이 네가 무슨 책을 읽나 궁금하기도 했고. 너 도서실 갈 때마다 답 느려지니까. 이 책이야? 제목 좀 보자."

"아, 아니 그게. 그러니까."

내가 당황하는 사이 나애가 내 책을 뺏어 제목을 확인했다.

"셰익스피어, 《한여름 밤의 꿈》. 무슨 내용이래? 잠깐만, 이게 뭐야……? 환 안 교환 일기?"

나애가 《한여름 밤의 꿈》 책 아래 숨겨뒀던 교환 일기를 발견했다.

"자, 잠깐만, 나애야! 그, 그건!"

내가 뭐라 말하기 전 나애는 빠르게 교환 일기를 손에 들었다. 바로 펼쳐서 첫 페이지를 소리 내 읽었다.

"다정한 환에게. 내게 먼저 말을 걸어줘서 정말 고마워. 우리 집에 와준 것도, 내게 교환 일기를 권해준 것도 너무 고마워. 처음에는 교환 일기를 펴고, 뭘 적어야 할지 몰랐어. 그래서 위의 문장을 적고 다음 날이 되어서야 다시 교환 일기를 폈어. 그런데 또 울었어. 작년 이야기를 되는대로 담담하게 적을 셈이었어. 하지만 마음처럼 되지 않더라. 노트를 펴고 적으려고 하자……."

교환 일기를 읽는 나애의 목소리가 점점 작아졌다. 다음 장을 넘길 무렵에는 입을 반쯤 벌린 채 눈을 동그랗게 뜨고 정안의 일기를 집중해서 읽어 내렸다.

나는 불안해서 어쩔 줄 몰랐다. 이러다가 정안이 오면 어떻게 해야 할지, 아니 그보다 어떻게든 노트를 뺏는 게 급선무였다. 나는 노트 뒤에 나애와의 일을 의논하는 일기를 적었으니까!

다행히 나애는 얼마 보지 않고 노트를 탁 소리 나게 접었다.

"최정안……."

나애가 작게 중얼거리더니 고개를 홱 돌려 날 바라보았다.

나애의 얼굴이 굳어 있었다. 눈을 동그랗게 뜨고 입은 앙다문 채였다. 얼마나 이를 꽉 다물었는지, 뺨 위로 도드라질 정도였다.

나는 지난 며칠간 나애가 했던 일들을 떠올리고 지레 겁먹었다. 쩔쩔매며 변명했다.

"나, 나애야. 그건 다 사연이 있어. 그러니까……."

"은혜도 모르고."

나애는 교환 일기를 펼쳤다. 양손으로 꽉 쥐더니 비틀었다.

"윤해환! 네가 최정안이랑 교환 일기를 써? 내 욕을 적었어?"

나애의 양손에 푸른 힘줄이 솟았다.

"내가 말했지! 나 배신하지 말라고!"

북, 북 큰 소리가 나며 교환 일기가 단번에 반으로 쪼개졌다.

"네까짓 게! 감히!"

나애가 교환 일기를 바닥에 던졌다. 교환 일기를 발로 마구
짓이겼다. 그러는 사이에도 나를 향한 시선에는 변함이 없었다.

"너 배신하면 우리 같이 죽는 거라고 했어, 안 했어?"

나애가 무시무시한 눈으로 날 바라보며 말했다.

"그럴까? 우리 같이 죽을까? 그걸 원해?"

나는 꼼짝도 할 수 없었다. 나애의 커다란 두 눈에 최면이라
도 걸린 듯 눈도 깜빡일 수 없었다.

이런 날 구원한 것은 마침 도서실에 들어온 다른 아이들이
었다.

"오늘도 윤해환이 일 등이네!"

"어? 누가 같이 있네?"

"조나애 아냐?"

"와, 조나애가 이제 책, 같이 읽는 거?"

아이들이 우르르 들어오며 우리에게 말을 걸었다. 나애는 티나게 어깨를 한 번 움찔거리더니 언제 그랬냐는 듯 표정을 바꿨다. 생긋 웃으면서 몸을 휙 돌려 다른 애들을 바라보았다.

"안녕? 나도 책 좀 읽어볼까 하고."

"너 진짜 예쁘다! 진짜 예전에 아이돌 연습생이었어?"

"초등학생 때 잠깐."

나는 이 틈을 타서 조금씩, 아주 조금씩 뒷걸음질했다. 도서실을 나오자마자 그대로 복도를 달렸다. 그러다 반대 방향에서 오는 정안과 눈이 마주쳤다. 나는 시선을 외면했다. 계속 달렸다. 나애가 쫓아올까 봐 두려워 마음의 여유가 없었다.

반에 돌아와 허둥지둥 가방을 싸서 교실을 나섰다. 뒤도 돌아보지 않고 복도를 달렸다. 건물을 나와서도 달렸다. 교문을 통과해서도 달렸다. 학교가 시야에서 사라지고 나서야 그만 달릴 수 있었다. 그 자리에서 털썩 주저앉아서 엉엉 울었다. 이제 정말 나애가 없다고 생각하자 안심이 되는가 싶었는데……

나애 어디야?

나애의 메시지가 왔다. 다시 가슴이 두근거렸다. 답을 빨리 해야 할 것 같았다. 하지만 그랬다간 나애의 힐난이 쏟아질 것만 같았다. 답을 안 하고 싶었다. 하지만 답을 안 하면 전화가 올 것 같았다. 예상대로 나애에게 전화가 걸려 왔다.

"아아 아악!"

나는 머리를 감싸안은 채 스마트폰을 외면했다. 나애의 전화가 멈춘 후, 급히 전화를 꺼버렸다.

……대체 나한테 무슨 일이 일어난 걸까? 이제 나는 어떻게 해야 할까? 내일 학교에 가도 될까? 내일 학교에 가면 또 나애가 내게 폭언을 쏟아부을까?

정안이 걱정이다. 나애가 정안에게도 폭언했으면 어쩌지? 정안이 찢어진 교환 일기를 봤다면 어떻게 하지? 내가 교환 일기를 찢었다고 오해하면 어쩌지?

모르겠다.

정말, 아무것도 모르겠다. 아무것도…….

새 일기장

*

종이봉투 안에는 찢어진 교환 일기 대신
새 교환 일기장이 들어 있었다.
지난번과 조금 다른 디자인으로 다이애나와 앤의
캐릭터가 그려진 《빨간 머리 앤》 노트였다.

2024년 4월 19일 금요일

새 일기장을 만들었다. 노트가 가득 차지 않았는데도 학기 중에 새 노트를 꺼낸 건 이번이 처음이다. 그럴 수밖에 없는 사정이 있었다.

오늘 아침, 정안이의 언니가 우리 집에 왔다 갔다.

벨 울리는 소리에 기겁했다. 나애가 온 줄 알았다. 숨소리라도 들릴까 봐 겁에 질려 인터폰 화면으로 바깥을 살폈다. 정안이의 언니가 보였다. 그제야 안심하고 조심스레 문을 열었다.

"안녕하세요……."

언니는 손에 낯익은 종이봉투를 들고 있었다.

"정안이가 전해주래."

"감, 감사합니다."

언니는 아무것도 묻지 않았다. 종이봉투만 건네고 가버렸다.

종이봉투 안에는 지난번과 마찬가지로 초콜릿과 함께 나애가 찢어버린 교환 일기가 들어 있었다.

정안은 나애가 발로 짓이기고 찢은 교환 일기를 일일이 장마다 셀로판테이프로 이어 붙였다. 그리고 내가 보낸 마지막 교환 일기 다음 장에 새로운 일기를 적어 보냈다.

* * *

환에게

어제, 네가 울면서 복도를 달리는 모습을 보고 무슨 일이 있었겠구나 싶었어. 급히 도서실에 갔더니 나애가 애들한테 둘러싸여 나오더라. 나애는 평소처럼 나를 모르는 체했어.

나는 나애를 보자마자 뭔가 잘못됐다는 생각이 들었어. 도서실에 들어가서 늘 해환이 네가 앉는 자리부터 살폈지. 네가 요즘 보던 책《한여름 밤의 꿈》이 바닥에 떨어져 있었어. 해환이 네가 읽던 책을 줍지도 않고 갔다는 건, 또 나애가 도서실에서 나왔다는 건, 역시 교환 일기를 들킨 게 아닐까……? 나는 불안한 마음으로 주변을 살피다 휴지통으로 다가갔어. 뚜껑을 열자마자 반으로 찢어진 교환 일기를 발견했지.

무슨 일이 일어났을지 눈에 선했어.

나애가 알아버린 거겠지. 너와 내가 교환 일기를 쓴다는 사실을. 분노한 나애가 교환 일기를 네 앞에서 찢었고, 너는 충격을 받아 뛰쳐나간 거겠지. 그 교환 일기를 나중에 나애가 휴지통에 버렸고…….

나는 교환 일기를 챙겨 서둘러 반으로 돌아갔어. 아무 일도 없었다는 듯이 오후 수업을 했어. 학교가 끝나자마자 집으로 와서 네가 적은 교환 일기를 마저 봤어. 그랬다가 겁에 질렸어. 나애가 너무 무서워서.

그동안 나는 내 마음을 달래왔어. 내가 너무 상처받아서 나애에 대해 선입견이 생긴 거다, 나애를 자꾸 나쁘게 보려드는 거다, 그렇게 생각했는데…… 네가 적은 내용을 보자 왜 그런 생각을 했는지 이유가 떠오른 거야.

일 학년 때, 나는 자주 시선을 느꼈어. 고개를 돌리면 늘 나애가 날 노려보고 있었어. 눈을 아주 커다랗게, 동그랗게 뜨고 단 한 번도 깜빡거리지 않은 채 날 뚫어져라 쳐다봤어.

갑자기 온몸이 덜덜 떨리더라. 나애가 내게 연락해 올까 봐, 우리 집에 찾아올까 봐 두렵더라.

나는 핸드폰을 꺼버렸어. 오늘은 학교도 안 갔어.

엄마는 뭐라고 하지 않았어. 일 학년 때도 학교에 자주 안 갔으니까. 그리고 숨죽이고 있자니, 침착해져서 네 걱정을 할 여유가 생겼어. 넌 어떻게 하고 있는지, 학교는 갔는지, 또 무슨 일이 생긴 건 아닌지…… 나는, 나는…… 네가 얼마나 상처받았을지 짐작도 못 하겠어. 메시지의 답이 늦는다고 네게 폭언하고, 애들이 널 더 좋아하는 것 같으니 같이 죽자고 협박하고…… 그건 괴롭힘이잖아. 따돌리는 것보다 훨씬 심한 괴롭힘이잖아. 해환아, 괜찮아? 괜찮아? 엄청 힘들지 않았어?

뭔가 위로가 되는 말을 하고 싶은데 무슨 말을 해야 할지 모르겠어. 자꾸 괜찮냐고 묻게 돼. 계속 흥분된 상태야. 횡설수설하고 있어. 나, 이거 다른 노트에 적은 후 옮겨 적었는데도 이러네…… 너무 놀랐나 봐. 그래도 울지는 않아. 이제 울지 않기로 했거든. 뭣보다 네가 너무 걱정돼.

힘을 내란 말도 못 하겠어. 왜냐하면 나, 작년에 정말 힘들었을 땐 힘내란 말에도 울었거든. 나 정말 최선을 다해서 학교에 가는 건데, 버티고 있는 건데, 이 이상 대체 뭘 얼마나 더 힘을 내라는 거냐고 화가 나더라. 계속 눈물만 나더라.

해환아, 나. 너를 위로하고 싶은데. 뭐라고 해야 할지…… 그냥 이것만큼은 꼭 말하고 싶었어.

너는 분명 네가 뭘 잘못했는지 찾고 있겠지. 하지만 넌 잘못한 게 없어. 그래도 굳이, 굳이! 네가 잘못한 걸 찾고 싶다면 말해줄게……. 잘못이 있다면 네가 무척 다정하다는 거야. 착하다는 거야. 좋은 사람이라는 거야.

나는 지금 너무 무서워서 스마트폰을 켜고 네게 연락할 엄두가 안 나. 너네 집까지 갈 용기도 안 나. 그래도 내 마음을 네게 전하고 싶어서 언니에게 일기를 대신 가져다주라고 부탁할 생각이야.

언제든 연락해. 내가 뭔가 도와줄 수 있다면, 네가 내게 힘이 되어주었듯이 내가 도와줄 수 있다면 도와줄게. 언제든 연락해 줘…….

너를 걱정하는 안

* * *

나는 정안이 보낸 교환 일기를 보고 또 한참을 울었다. 정안이 내 마음을 알아줘서, 나와 같은 생각이라서, 그리고 내 잘못이 아니라고 말해줘서……. 그렇게 한참을 운 후, 나는 정안이에게 보낼 교환 일기를 적기 위해 손을 움직였다.

모든 걸 털어놓을 셈이었다. 나애를 만난 뒤 무슨 일이 있었는지 처음부터 끝까지 몽땅 다. 내 이야기를 본 다음에도 정안이 지금처럼 내 잘못이 없다고 하면, 나는 정말 마음이 편해질 것 같았다. 하지만 뭘 어디서부터 어떻게 적어야 할지 알 수 없었다. 이야기를 객관적으로 적으려면 사소한 것까지 모두 적어야 할 것 같았다. 그러려면 하루가 뭐야, 몇 날 며칠을 글만 적어도 끝나지 않을 것 같았다.

나는 한참 고민하다가 답장을 적었다.

* * *

다정한 안에게

나는 네가 예상한 대로…… 매우 힘들어하고 있었어. 한참을 울었네, 또(하하). 이런 내게 내 잘못이 아니라고 해주다니 마음이 훨씬 편해졌어.

그래서 말인데 안…… 내가 적어온 주기장을 읽어줬으면 해. 나애를 처음 만난 후 있었던 일을 모두 기록했거든. 이걸 보고도 네가 내 잘못이 아니라고 한다면, 나는 정말 마음이 훨씬 나아질 것 같아. 다시 학교에 갈 용기가 날지도 모르겠어.

그렇다고 해서 무조건 내 편을 들어주진 않았으면 해. 그럼, 분명 나는 눈치를 챌 테니까. 더 기가 죽을 테니까.

객관적으로 말해줘.

내 잘잘못을 판단해 줘. 나는 정말, 정말 그게 지금 필요해…….

너의 마음에 진심으로 감사하는 환

*　*　*

나는 교환 일기의 답을 적은 후 주기장과 교환 일기를 종이봉투에 담아 밀봉했다. 엄마와 아빠, 둘 중 누구든 집에 오길 기다렸다. 먼저 온 사람에게 이 종이봉투를 정안이네 집에 가져다 달라고 부탁할 셈이었다.

웬일로 아빠의 귀가가 빨랐다. 엄마가 도서관에서 밤 아홉 시까지 야간 근무를 서는 날이었기 때문이다. 아빠는 내가 종이봉투를 내밀자, 내용물을 묻지도 않고 바로 "그러지, 뭐"라고 하고는 다시 집을 나섰다.

나는 불안한 표정으로 아빠를 기다렸다. 정안이네 집은 걸어서 이십 분, 차로는 오 분 거리다. 아빠는 차가 있으니 길어봤자 왕복 십오 분이면 돌아오리라.

이제 내가 할 수 있는 일은 없다. 하지만 불안해서 새 일기장을 폈다…….

객관적으로 이야기해 달라고 해놓고도 마음 한구석이 불안했다.

나애 잘못이 아니면 어쩌지? 모두 내 탓이면 어쩌지? 정안이 내게 실망하면 어쩌지?

상상하는 것만으로 눈물이 날 것 같았다.

아니야, 정안은 그런 애가 아니야.

내가 잘못했다면, 잘못했다고 이야기해 주고 계속해서 친구가 되어줄 애야.

나는 이를 악물었다. 내 멋대로 정안이를 나쁜 아이로 만들지는 말자고 결심했다.

이렇듯 마음을 가다듬기 위해 새 일기장을 폈다.

잠깐 사이 내 생각이 안 좋은 쪽으로 흐른다면 정안이에게 실례니까, 정안이 내일 어떤 답을 해오더라도 꿋꿋하게 받아들이기 위해, 나는 새 일기장을 펴고 각오를 적는다.

2024년 4월 20일 토요일

늦잠을 잤다. 일어났을 때는 이미 엄마와 아빠가 모두 출근한 후였다. 오늘은 또 어떻게 하루를 보내야 할까, 이제 마음이 좀 차분해졌으니 시험공부나 할까. 당장 화요일이 중간고사인데 정말 그날에는 학교에 갈 수 있을까?

불안한 마음으로 방을 나섰다. 식탁에는 엄마가 나를 위해 준비한 아침과 함께 낯익은 종이봉투가 놓여 있었다. 정안이에게 보낸 봉투가 이곳에 있다니! 이건 무슨 뜻일까. 아빠가 안 갖다줬던 걸까? 아니면…… 벌써 답장이 온 걸까?

나는 어제 교환 일기와 함께 내가 그간 써온 주기장을 정안이에게 보냈다. 그걸 읽고 객관적인 이야기를 들려달라고 했다. 정안이 종이봉투를 다시 보내온 건 주기장을 모두 읽고 생각을 정리했다는 뜻이겠지? 그렇다면 설마…… 정안은 밤을 새우기라도 한 건가?

나는 궁금증을 풀기 위해 바로 종이봉투를 열었다.

종이봉투 안에는 찢어진 교환 일기 대신 새 교환 일기장이 들어 있었다. 지난번과 조금 다른 디자인으로 다이애나와 앤의 캐릭터가 그려진 《빨간 머리 앤》 노트였다.

환♡안

교환 일기

(2)

이번에도 정안은 내 이름을 앤 위에, 자기 이름을 다이애나 위에 적었다. 나는 그 세심한 배려에, 오랜만에 살짝 웃을 수 있었다.

＊　＊　＊

환에게

새로운 노트를 준비했어!

이건 여러 의미가 있어. 일단 찢어진 교환 일기를 계속해
서 보는 게 너무 가슴이 아팠거든. 또 하나는 우리가 쓴 노트
와 해환이 네가 보낸 주기장을 내가 좀더 깊이 들여다보기 위
해서야. 나는 밤을 꼴딱 새워서 주기장을 읽었어! 그랬더니 으
음…… 생각이 좀 많아졌어.

해환이 네가 기록해 온 나애의 모습은 믿기지 않을 정도였
어. 내가 널 몰랐다면, '나애가 이 정도로 해환이 너를 괴롭혔
다고? 말도 안 돼!'라고 생각했을 거야. 그리고 나는 일 학년 때
나애와 노라 때문에 괴로웠던 경험이 있으니까 아무래도 객관
적으로 받아들일 수가 없더라.

그래서 말인데, 나는 네가 허락한다면, 이 주기장을 제삼자
에게 보여주고 싶어. 냉정하게 내용을 검증할 수 있는 사람 말
이야.

해환이 네가 허락한다면 그렇게 하고 싶은데 어떻게 생각해?

너를 걱정하는 안

* * *

제삼자라니, 상당히 좋은 생각 같았다. 하지만 내가 쓴 주기장을 누구에게 보여줄 수 있을까?

엄마? 아빠?

생각하자마자 말도 안 된다는 결론이 났다. 우리 엄마가 가만있을 리 없다. 내 주기장을 보자마자 당장 나애네 집으로 쳐들어갈 것이다.

정안의 부모님?

작년에 정안은 왕따 문제로 상당히 고생했다. 하지만 부모님은 정안이 겪은 일이 나애 탓이란 건 모른다. 우리 엄마만큼은 아니라도 크게 화나지 않을까? '학폭위'가 열릴지도 모른다. 누가 있지……? 아, 있다! 있어! 가장 적당한 인물이!

정안의 언니!

정안의 언니는 정안이 왕따당했다는 사실을 알고 있다. 그러니 누구보다 객관적으로 이 상황을 이해해 줄 거다!

정안은 언니에게 부탁할 셈이구나!

나는 바로 답장을 썼다.

* * *

안에게

교환 일기 받았어. 좋은 생각 같아! 나도 계속해서 내가 쓴 내용에 자신이 없었거든. 제삼자에게 검증받자!

환

* * *

짤막하게 답장을 쓴 후 종이봉투에 다시 교환 일기를 넣었다. 이제 부모님이 오시기만 하면 되는데…… 두 분 모두 오시려면 밤이나 돼야 한다.

나는 그때까지 기다릴 수 없었다. 당장이라도 정안이에게 이 답장을 보내고, 객관적인 의견을 듣고 싶었다! 밤에 보내면 또 내일에야, 아니 정안이의 언니가 좀 늦게 본다면 월요일에야 답장이 올 게 아닌가!

그럴 수는 없어.

나는 한참 고민하다가 결심했다.

변장하고 나가자. 몰래 살금살금 나가면 어떻게든 되지 않을까? 나애네 집은 정안이네 집과 반대 방향이니까 괜찮지 않을까?

나는 나애가 한 번도 못 봤을 만한 옷을 찾았다.

얼마 뒤, 옷장 구석에서 작년에 엄마가 사다 준 티셔츠를 찾았다. 초등학생 때나 좋아하던 애니메이션 캐릭터가 그려진 유치한 옷이었다.

이거라면 절대 들킬 리 없어!

확신이 들었지만, 혹시 몰라서 모자도 푹 눌러쓰고 마스크도 했다.

나는 거울을 보고 내 변장이 얼마나 완벽한가 다시 한번 살폈다.

음, 완벽해. 역시 난 대단해.

종이봉투를 들고 집을 나서려는데⋯⋯ 딱 하나, 예상하지 못한 게 있었다.

내 마음.

두려움에 사로잡힌 내 마음은 문을 열고 나가는 일을 겁내고 있었다. 나애가 있을 리 없다는 사실을 머리로는 아는데, 현관문 손잡이를 잡았다 놓기를 반복하며 끙끙댔다. 나 자신을 달래고, 화내고, 소리도 질러봤다. 한참동안 손잡이와 실랑이하는 사이 삼십 분이 흘렀다. 나는 아주 살짝 문을 여는 데 성공했다. 문틈으로 밖을 내다봤다. 현관문 앞, 아무도 없다는 사실을 알자 나는 복도로 첫발을 내디딜 수 있었다. 그런데도 우리 빌라 건물 현관 밖으로 나가기까지 또 십오 분이 더 걸렸지만⋯⋯. 나는 복도 창문 너머로 밖을 바라보며 한참을 전전긍긍했다. 아이러니하게도 이때 도움이 된 것은 나애에게 배운 달리기였다.

나는 나애에게 욕설에 가까운 장광설을 듣던 때처럼 전속력으로 달려 집을 벗어났다. 집에서 멀어질수록 몸이 점점 가벼워졌다. 마음속에 깊이 자리했던 두려움도 사그라들었다. 상쾌

했다. 두려움에 사로잡혔던 만큼 달리는 속도가 빨라졌다. 저 멀리, 어디론가 잡념이 떨어져 나가는 것 같았다.

정안이네 아파트 현관에 도착했을 때, 나는 더 이상 주변 눈치를 살피지 않았다.

이게 뭐라고, 이렇게 겁을 먹었지?

나 자신이 너무 우스워서 순간 웃음이 나왔다.

숨을 헐떡이며 정안이네 집 호수를 누르고 호출했다. 처음 집을 나설 때만 해도 종이봉투만 몰래 놓고 올 생각이었다. 그런데 뭐, 그럴 필요가 있나 싶었다.

바로 이야기하는 게 낫겠어. 이 기분 놓치고 싶지 않아.

정안이도 같은 기분이었을까. 엘리베이터 앞에 마중을 나와 있었다.

영화나 드라마였다면, 우리는 서로 끌어안았을 것이다. 하지만 소심한 우리는 그렇게 하지는 못했다. 나는 엘리베이터에서 내리며 종이봉투를 건넸다.

"내 의견을 적어 왔어. 하지만 그냥 말로 해도 좋을 것 같아. 나도 네 의견에 찬성해. 제삼자에게 의견을 들어보자."

나는 모자와 마스크를 벗으며 말했다.

정안이 안심하는 표정을 지었다.

"들어와. 마침, 지금 있어. 제삼자."

토요일이라 정안이 언니도 학교에 안 갔다. 나는 정안이의 말에 머리며 옷차림을 단정하게 하려고 노력하며(캐릭터 티셔츠 제외!) 정안이네 집에 들어섰다.

그런데 전혀 뜻밖의 인물이 현관에 서 있었다.

노라였다.

"너, 왜 여기? 정안아? 왜?"

나는 당황해서 정안이를 바라보았다. 정안이 부드럽게 웃으며 말했다.

"말했잖아, 제삼자가 필요할 것 같았다고."

어리둥절해하는 나에게 정안이 그동안 있었던 일을 설명했다.

어제, 노라가 정안이네 집에 찾아왔다. 노라는 정안이랑 나둘 다 학교에 오지 않자, 우리에게 무슨 일이 생겼다고 짐작했다. 그래서 정안이에게 사정을 들어보려고 왔다는 것이다.

"오랜만이다?"

노라는 평소처럼 좀 짜증 난 말투였다.

"아, 으응. 그래."

나 역시 평소처럼 약간 눈치를 봤다. 대체, 조금 전까지 있던 의기양양함은 어디로 갔단 말인가!

"아무튼 윤해환, 여기까지 오다니 고생했다. 이야기는 대충 들었는데, 네 상황에 대해 객관적인 판단을 해줄 제삼자가 필요하다는 거지? 그렇다면 딱 잘 고른 거야. 나만큼 네 상황을 잘 아는 사람은 없으니까."

"아, 으응. 내가 그간 있었던 일을 적어놨는데, 그걸 보고 객관적으로 판단해 줬으면⋯⋯."

"그렇게까지 할 필요도 없어."

노라는 짜증 섞인 말투로 스마트폰을 꺼냈다. 잠시 이것저것 살피더니 나와 정안 앞에 내밀었다.

"이걸 봐."

나는 노라가 보여주는 화면을 의아한 마음으로 보다가 당황했다. 얼굴이 모자이크 처리된 뚱뚱한 여자애가 달리고 있었다.

나는 바로, 이 여자애를 알아봤다.

이건, 다이어트를 시작했을 때, 과거의 나.

"그게 전부가 아냐."

노라는 짜증 섞인 목소리로 스마트폰을 만지더니 또 다른 영상을 보여줬다. 이번에도 내가 주인공이었다. 엄청나게 비싼 미용실에서 머리를 해서 모습이 달라지는 나. 모자이크는 돼 있었지만 금방 알아볼 수 있었다. 연달아 보여준 다른 영상들도 마찬가지였다. 별토끼떡볶이에서 나애에게 스마트폰을 받는 나, 나애의 집에서 앉을 곳을 찾지 못해 쩔쩔매다 두루마리 휴지 위에 앉는 나, 두루마리 휴지를 도로 갖고 나와서 전전긍긍하다 경비 아저씨께 드리는 나……. 영상마다 자막이 달려 있었다.

ㅋㅋㅋ 아이폰 받고 좋아하는 것 좀 봐 ㅋㅋㅋㅋ

살 빼려고 아등바등 ㅋㅋㅋ 용기가 가상하다 ㅋㅋㅋㅋ

ㅋㅋㅋㅋㅋㅋㅋ 상으로 머리해 주니까 좋아서 어쩔 줄 모르는 것 좀 봐 ㅋㅋㅋ

미친 ㅋㅋㅋㅋ 두루마리 휴지에 앉았어 ㅋㅋㅋㅋㅋㅋㅋㅋ

ㅋㅋㅋ 어떻게 할까 싶어 고프로로 찍었더니 ㅋㅋㅋ

이 상황 무엇 ㅋㅋㅋ 경비 아저씨한테 가잖아 ㅋㅋㅋ

ㅋㅋㅋㅋㅋㅋ 경비 아저씨한테 딱이네?

ㅋㅋㅋㅋㅋㅋㅋㅋㅋㅋㅋㅋ 자기 레벨은 확실히 안다니까

마지막 영상이자 가장 높은 조회수를 기록한 영상은 내가 가
장 큰 상처를 받은 사건이었다. 나애가 엄마를 공개적으로 마
구 공격한 일.

"어머니, 모르셨죠? 삐이이- 왕따였어요."

"스마트폰 없다고 애들이 일 학년 내내 따돌렸어요."

"삐이이- 어서 말씀드려. 너 왕따였잖아."

"왜 부모가 되어서 스마트폰도 안 사주셨어요?

"돈이 아까우셨나요? 아니면 왜?"

내 이름은 삐이이 소리로 대신했지만, 그때 도서관에 있었던
사람은 모두 기억할 상황이었다.

"이제 객관적인 상황을 알겠어?"

노라는 여전히 짜증이 난 말투…… 아니 그보다는 훨씬 화가
난 말투로 말했다.

"나애는 널 이용해 온 거야. 자기 콘텐츠로 만들려고."

나애는 내가 모르는 SNS에 지금까지 내 모습을 모자이크 처
리해서 올려왔다. 그렇게 내 모습을 올리자, 한 미용실에서 협

찬이 들어왔다. 머리를 해주는 대신 콘텐츠를 올려주는 조건으로 내 머리를 해준 것이었다.

"물론, 나애는 엄청나게 생색냈지. 덕분에 나애는 이제 '인플루언서'가 됐고. '찐따', 왕따를 변신시킨 멋진 중학생으로 이름을 날렸어."

노라의 목소리가 더 커졌다. 이젠 아예 대놓고 화를 냈다. 하지만 노라가 더는 무섭지 않았다. 노라가 화가 난 상대는 내가 아니란 걸 깨달았기 때문이다.

노라는 지금 이곳에 없는 나애에게 화내는 거다. 그리고 지금, 노라만큼 분노하기 시작한 사람이 한 명 더 있었다.

"안노라, 너 다 알고 있었던 거야?"

정안이 착 가라앉은 목소리로 노라에게 말했다.

"그런데도 해환이한테 말 안 한 거야? 특히 여기 이 장면."

정안은 별토끼떡볶이에서 내가 나애에게 스마트폰을 받는 모습을 보여주며 말했다.

"이거 네가 찍은 거지?"

"그건 맞는데, 난 몰랐어."

"뭘 몰라?"

정안이 노라의 어깨를 툭 쳤다. 나는 그 모습에서 정안이 작년에 학생 식당에서 나애의 어깨를 쳤다는 그 상황을 상상할 수 있었다.

"아, 진짜! 나는 몰랐다고! 조나애가 윤해환한테 허락 맡고 찍는 거라고 했다고!"

"허락을 맡았다고? 나한테?"

"그래! 조나애가 그랬어! 윤해환 네가, 스마트폰 받고 나서 살 빼고 싶다고 했다고. 그래서 이런 거 찍을 거라고, 자기가 다 허락 맡고 올리기로 한 거라고, 그랬다고! 그래서 나도 협조한 거고!"

"내가? 내가 그런 말을 했다고?"

"나는 정말 그런 줄 알았어. 해환이 네가 조나애랑 다니는 거 진짜 좋아했으니까. 그리고 중간부터는 조나애가 난 따돌리고 너랑 둘이만 다니려고 했으니까! 그래서 정말 둘이 죽이 맞는구나, 했다고! 그런데 아까 정안이 이야기를 듣고 나니 이상해서, 그래서 말한 거야!"

노라의 말을 이해할 수 없었다. 내가 그런 걸 허락할 리가 없잖아. 동시에 그런 생각도 들었다. 어쩌면 이런 이야기를 다 듣고 허락했는데, 잊은 건 아닐까? 내 오해 아닐까?

"아, 그래. 내가 허락, 허락했을지도……."

"그럴 리 없잖아!"

정안이 내 말을 막았다.

"네가 그럴 애야? 네가 그런 영상을 찍어서 공유하자고, 엄마까지 상처를 줄 애냐고!"

우리 엄마.

도서관에서 나애가 한 말에 무너졌던 우리 엄마.

내가 그런 엄마의 모습을 영상으로 찍어 올리기를 바랐을 리 없다.

"뭣보다 넌 단 한 번도 주기장에 그런 걸 적은 적이 없잖아. 내가 다 읽었잖아!"

아, 그래. 내겐 주기장이 있었지. 주기장이.

"나도 너 같았어! 작년에 그 사건 이후, 계속. 내가 나애에게 잘못한 게 있지 않았을까, 스스로 의심했다고. 이미 말했잖아! 그때랑 똑같은 거야, 해환아! 해환아! 절대 네 잘못이 아니야!"

"맞아, 내 탓이 아니야……. 나는, 나는 정말, 아니야, 안 그랬어."

나는 가까스로 대꾸할 수 있었다. 정안은 내 말에 안심한 표정을 지었다. 노라도 표정이 누그러졌다. 하지만 조금 지나자 다시 불안해졌다. 정안이 조금 전에 말해줬는데도, 나는 이 모든 것이 내 탓일 거라고 의심하기 시작했다.

"나, 나애랑 틀어졌잖아."

이런 내 마음을 눈치채기라도 한 듯, 노라가 입을 열었다.

"사실 그거, 내가 나애 정체를 우연히 눈치챘기 때문이야. 윤해환, 너도 기억할 텐데, 횡단보도에서 나애가 나한테 이상한 말 던졌잖아. 그 뒤로 나애가 날 갑자기 무시했어. 처음엔 혼란스러웠어. 내가 엄청난 잘못을 저질렀다고 생각해서 애원하기도 하고, 나애가 평소 갖고 싶다고 했던 걸 사서 주기도 했어. 립글로스랑 향수랑 커피 기프티콘이랑 아이스크림이랑…… 다 기억도 안 나."

나는 언젠가 나애가 보내왔던 메시지를 떠올렸다. 나애는 새 립글로스 인증샷을 몇 장이고 보냈다. 분명, 그때 나애는 내게 누구에게 받았는지는 비밀이라고 말했다. 그게 노라였나 보다.

"하지만 나애는 그때뿐이었어. 내가 선물을 주면 딱 그때 좋아하고는 끝이었지. 나는 어떻게든 나애와 관계를 회복하려고 노력했지만, 너무 힘들었어. 그래서 유튜브에서 정보를 찾았지. 손절, 절교, 친구, 화해 등등으로 검색했어."

노라는 매일 밤늦게까지 스마트폰을 들여다봤다. 유튜브는 편했다. 들어갈 때마다 노라가 원하는 영상을 보여주었다. 그렇게 계속 보다 보니 유튜브는 추천 동영상을 띄워줬다. 그중 한 동영상의 제목이 노라의 눈길을 끌었다.

이상하게 기분 나쁜 친구, 어떻게 하나요?

노라는 동영상 제목에 끌려 클릭했다가 내용에 큰 충격을 받았다. 영상에서 예시로 드는 인물의 행동이 나애와 똑 닮아 있었다. 하나를 클릭해서 끝까지 다 보고 나자 자연스레 다른 영상들이 추천으로 떴다.

짜증 나는 친구, 내가 예민한 걸까?

그렇게 보게 된 동영상에서 예시로 드는 사람의 행동들이 하나같이 나애와 닮은꼴이었다. 자기중심적인 나애, 모두 앞에서

아무렇지 않게 타인을 창피 주는 나애, 그런 행동이 자신에게
이익이 된다면 양심의 가책도 느끼지 않는 나애, 아무렇지 않
게 거짓말하는 나애…… 심지어 나애가 자주 하는 말도 계속
예시로 나왔다.

레벨이 다르다.
나랑 쟤 중 누구 선택할 거야?
다 널 위해서 이러는 거야.
나 죽는 꼴 보고 싶어?
나 아니었으면 네가 지금 이렇게 살 수 있을 것 같아?

이런 사람을 가리키는 명칭이 있었다.
"그 영상에 따르면 나애는 나르시시스트래……."
나르시시스트. 처음 듣는 단어였다. 그런 말이 있는지조차
몰랐다.
"나애가 우리한테 하는 걸 가리켜 '가스라이팅'이라고 한대.
우리가 하는 행동을 조종해서 자신에게 유리하게 만드는 거
래. 그 영상에서 나애 같은 사람은 거리를 두라고 하더라. 무슨

말을 해도 꼼짝도 하지 말라고, 넘어가지 말라고."

노라는 영상에서 배운 걸 바로 실천했다. 더는 나애와 다니지 않기로 마음먹었다. 다행히 요즘 나애는 반장이 된 후 친구들에게 관심받는 걸 즐기고 있었기에, 노라가 연락을 서서히 줄여가도 신경 쓰지 않았다. 노라도 다른 친구와 다니니 마음이 편했다. 분수에 넘치게 선물할 필요도, 딱히 마음이 내키지 않는데, 밑도 끝도 없는 하소연을 들어줄 일도 없었다. 노라는 나애와의 관계가 이렇게 조용히 정리되길 바랐다.

그런데 목요일, 상황이 달라졌다. 나랑 정안이 둘 다 학교에 나오지 않자, 분위기가 싸해졌다. 교실에서 이상한 소문이 돌았다.

정안이랑 해환이 도서실에서 대화하다가 들켰다.

나애가 그 사실을 눈치채서 해환을 괴롭혔다.

해환이랑 정안이 둘 다 충격받아 오늘 학교에 안 왔다.

아이들은 모두 뒤에서 소문을 듣고 수군거렸다. 그러다가 결국 몇 명이 조나애에게 물었다.

"혹시 해환이 왜 안 오는지 알아? 정안이랑 친하다고 네가 뭐라고 했다는데, 사실이야?"

"어제 해환이 몸이 좀 안 좋댔어. 그래서 도서실에서 만났을 때, 나한테 조퇴한다고 하고, 그러고 간 거야. 내일은 나올걸? 나는 그보다 나한테 그런 질문을 하는 의도가 궁금하네. 뭐, 내가 해환을 괴롭히기라도 했다는 거야? 내가 그런 사람으로 보여?"

나애가 저렇게까지 말하자, 더는 뭐라 하는 애들이 없었다. 대신 하교 시간, 이변이 일어났다.

아무도 나애와 함께 집에 가려고 하지 않았다.

나애는 누군가 말을 걸기를 기다리다가 반 아이들 절반이 빠져나가도록 아무도 말을 걸지 않자, 노라에게 다가갔다.

"노라, 노라. 우리 떡볶이 먹으러 갈래? 내가 사줄게."

"오늘은 좀 바빠서, 다음에 먹자."

노라는 할 말만 하고 일어날 셈이었다. 하지만 나애는 노라의 손목을 꽉 잡고 대화를 이어갔다.

"내가 떡볶이랑 순대랑 슬러시랑 다 쏠 건데?"

"다음에 먹자."

"김밥이랑 오뎅도 쏠 건데? 그래도?"

"다음에 먹자."

노라는 손목을 뿌리치려 했지만, 나애의 힘을 이길 수 없었다. 나애는 여전히 손목을 잡은 채 조금 더 다가왔다.

노라의 귀에 대고 아주 작은 소리로 속삭였다.

"쪽팔리게 왜 이래? 내가 이렇게까지 말하는데, 같이 안 간다고? 내가 이렇게까지 하는데, 네가 어떻게 그럴 수가 있어? 내가 요즘, 너, 나랑 같이 안 가도 다른 애들하고 다녀도 아무 말 안 했잖아. 그런데 이것 하나 못 들어줘? 내가 너랑 떡볶이 먹자고 이렇게까지 애원해야 해? 너 그렇게 이기적인 애였어?"

"다음에 먹자."

"안 되겠다, 정말. 내가 이렇게까지 말 안 하려고 했는데, 애들이 다 너 재수 없다고 그래. 싸가지 없다고. 맨날 잘난 척한다고. 말도 잘 안 섞는다고. 너 이름도 엄청나게 웃긴 거 알아? 노라만으로도 웃기는데, 안노라? 애들이 뒤에서 다 비웃어."

"다음에 먹자."

"너 그러다 왕따 되는 거야. 알아? 정안이처럼 왕따 된다고. 그때 가서 후회할 거야? 그러지 말고 나랑 같이 떡볶이 먹으러 가자. 내가 다 쏠게. 떡볶이 먹고 나면 카페도 가자. 그러고도 시간 남으면? 인생네컷 어때? 노래방 갈까? 일단 가자. 가서 즐겁게 놀자."

실랑이하는 사이 반 아이들은 거의 나가버렸다. 이제 나애와 노라를 포함해 세 명밖에 남지 않았다. 그러자 기다렸다는 듯 나애의 목소리가 커졌다.

"대체 왜 그래! 내가 이렇게까지 말해야 해? 내가 죽는 꼴 보고 싶어? 내가 죽는다고 해야 떡볶이 같이 먹으러 가줄 거야?"

마지막으로 남은 아이가 놀라 나애와 노라를 보며 발을 떼지 못했다.

"네가 뭔데, 내가 이렇게까지 하게 만드는 건데? 네가 뭔데! 그냥 먹어주면 좋잖아! 떡볶이 먹는다고 네가 손해 볼 게 없잖아! 그런데 왜 같이 가준다고 안 하는 거야! 내가 뭘 그렇게 잘못했어!"

나애는 보란 듯이 엉엉 울었다. 평소라면 다른 아이들이 다가와서 나애에게 무슨 일이냐고 물어볼 텐데, 이날은 달랐다. 나애가 자기 편을 들어달라는 듯 마지막 남은 아이를 바라보았으나, 무시당했다. 아이는 나애를 외면하고 교실을 나갔다.

나애의 얼굴에 당황한 기색이 보였다. 그와 동시에 노라의 손목을 잡은 힘이 약해졌다.

"다음에 먹자. 나, 간다."

노라는 그 틈을 노려 나애의 손을 뿌리쳤다. 재빨리 가방을 메고 교실을 나섰다.

교실에는 나애만 남았다. 노라의 등 뒤에서 나애가 소리 질렀다.

"나 죽는다! 정말 나, 너 보는 앞에서! 죽어버릴 거라고!"

노라는 뒤를 돌아보지 않았다. 그대로 학교를 나섰다.

"안노라, 혹시……."

정안이 말했다.

"네가, 나애 이야기 퍼뜨린 거야?"

"글쎄. 어떻게 된 걸까?"

노라의 입가에서 미소가 떠나질 않았다.

……나는 노라가 무서웠다.

내가 노라 같은 상황이었다면 절대 저렇게 대처하지는 못했을 것 같았다. 나라면 분명 쩔쩔맸을 거다. 주변에 민폐니까, 나애가 나를 처음 힐난하기 시작했을 때, 더는 들을 자신이 없어서 바로 같이 간다고 말했을 것이다.

더불어 한 가지 생각이 더 들었다.

나애가 불쌍했다.

노라가 저렇게까지 할 필요는 없지 않을까? 집에 혼자 가는 게 싫어서 그런 것 같은데, 같이 가주면 안 됐을까?

"동정하지 마, 윤해환."

노라가 금세 내 속마음을 읽었다.

"네가 그러니까 조나애한테 찍힌 거야. 정신 차려. 조나애가 한 번이라도 너한테 미안하다고 한 적 있어? 최정안, 너도 마찬가지야. 한번 생각해 봐."

한 번쯤은 들은 적이 있을 것 같았다. 나는 미안하다는 말을 입버릇처럼 하니까, 누구나 한 번쯤은 하니까, 분명 나애도 한 번쯤은…… 그러나 기억에 없었다. 아무리 생각해도 나애가 내게 미안하다고 말하는 모습은 떠오르지 않았다. 아니…… 나애가 미안하다고 말하는 얼굴조차 상상할 수 없었다.

"없었어."

정안이 먼저 말했다.

"단 한 번도. 단 한 번도 들은 적이 없어! 미안하게 됐네 하고 비꼰 적만 있지!"

"맞아, 없어. 나도 지금껏 단 한 번도 나애한테 미안하다는 말을 들은 적이 없어. 나애는 그런 말을 할 수가 없는 거야. 왜인 줄 알아?"

"왜…… 인데?"

내가 물었다.

"자존심 상하니까. 자기보다 아래인 인간한테 미안하다고 말하면, 자신이 그 인간보다 아래 레벨이 되는 줄 아니까. 모든 인간을 상하관계로만 보니까."

"잠깐만, 그게 무슨 소리야? 나애랑 나는 친구……."

"절대 아니야."

노라가 또 한 번 차갑게 웃었다.

"잘 들어. 나애의 세상에는 딱 세 종류의 사람만 있어. 우러러볼 사람, 자신을 떠받들 사람, 그리고 자기 적. 나애한테는 친구가 존재하지 않아."

……내가 나애의 친구가 아니라고?

"나애랑 절교해."

혼란에 빠진 내게 노라가 쐐기 박듯 말했다.

"그게, 너 자신을 위한 일이야."

절교.

내가 나애와 절교해야 한다고?

처음 생긴 절친과 절교하라고?

나는 나애를 처음 봤을 때를 떠올렸다.

멀리서 걸어오는 나애, 너무나 가느다란 팔과 다리로 하늘하늘 걸어서 다가오던 나애, 그런 나애가 나를 향해 웃어줬을 때, 나는 가슴이 얼마나 두근거렸던가.

이 아이와 친구가 된다면 얼마나 좋을까, 그 상상만으로도 얼마나 행복했던가.

나애가 내게 말을 걸어주고, 일상을 공유하기 시작했을 때, 얼마나 기뻤던가.

내 인생 첫 번째 절친, 나애……. 우리에겐 정말 절교밖에 방법이 없는 걸까?

2024년 4월 21일 일요일

최대한 객관적으로 그간의 일을 생각했다.

노라가 해준 이야기, 보여준 동영상, 내가 본 나애, 겪은 나애, 그리고 나와 정안이 없어지자, 나애가 했다는 행동까지……

마음이 가라앉자, 화가 났다. 나애의 행동에 분노했다.

노라가 옳았다.

나애의 행동은 친구가 할 만한 짓이 아니었다. 나애는 나를 이용해 온 거다.

우린, 결코, 친구가 아니었다.

나는 나애에게 절교를 통보하기로 마음먹었다.

하지만 어떻게 나애에게 절교하겠다고 말하지?

말로 하면, 폭언을 쏟아부으리라.

노라에게 했듯이 나를 힐난하다가 달래다가 울다가 협박하리라.

나는 노라가 아니다.

분명 나애에게 넘어가리라.

미안하다고 쩔쩔매다 다시 나애에게 속박되리라.

그건 절대 안 된다.

내가 할 수 있는 방법으로 대처하기로 마음먹었다.

그건 글로 쓰는 것이었다.

편지지를 꺼냈다. 나애에게 처음이자 마지막으로 보낼 편지를 적었다.

자꾸 눈물이 났다. 적다가 몇 번이고 감정이 북받쳐서 욕설을 적기도 했고, 화를 내기도 했다. 이건 아닌 것만 같아서, 내가 다 잘못했다고, 화해하자고, 한참을 적어 내려가기도 했다.

그때마다 편지를 찢었다. 처음부터 다시 썼다. 몇 번이고 단어를 다시 고르고 또 골라서 마침내 편지를 완성했을 때는 세 시간이 지난 후였다.

* * *

나의 눈부시고 잔인한 친구, 나애에게

그간 많은 생각을 했어.

네가 나를 왕따에서 구해주려고 했던 일들은 분명 고마워.

하지만 너는 내게 동의도 구하지 않고 내 이야기를 SNS에 올렸어. 주변에는 내게 허락받았다고 거짓말을 했지. 게다가 내 행동 하나하나를 모두 비웃었어.

왜 그랬니?

내가 알면 상처받을 걸 몰랐니?

너는 태어나서 처음 생긴 절친이었어. 그런 네가 나한테 어떻게 이럴 수 있니?

너는 날 친구라고 생각하지 않았니?

절친이라고 생각한 건 다 나 혼자만의 착각이었을까?

나는 너에게 크게 실망했어.

더는 친구 할 수 없어. 연락하지 않았으면 좋겠어.

너의 친구가 되고 싶었던, 환.

* * *

나는 나애가 준 스마트폰과 상자를 꺼냈다. 상자에 스마트폰을 다시 담은 후 편지와 함께 종이봉투에 넣어 밀봉했다. 아빠에게 종이봉투를 나애네 집에 가져다 달라고 부탁했다. 이번에도 아빠는 아무것도 묻지 않았다. 정안이네 집에 갈 때와 마찬가지였다. 얼마 지나지 않아 아빠가 돌아왔다. 나는 현관에서 기다리고 있다가 물었다.

"아빠, 혹시 나애한테 직접 줬어? 받고 어땠어? 바로 뜯어봤어? 나한테 전할 말 없대?"

"천천히 말해. 아빠 어디 안 가."

아빠가 웃으며 답했다.

"바로 열어보진 않았어. 받고, 예의 바르게 인사하고 들어갔어."

"아, 그래…… 그랬구나."

"왜? 뭐 전해 들어야 할 말이 있었어? 아빠가 다시 가줘?"

"아냐, 아빠. 그런 거 아냐. 고마워."

이제 정말 끝났다.

나는 나애와 절교했다. 이제 더는 나애와 친구가 아니다. 우린 친구가 아니다. 친구가 아니다…….

2024년 4월 22일 월요일

　밤을 꼴딱 새웠다. 나애가 밤늦게라도 날 찾아오지는 않을까, 부모님을 통해 내가 쓴 편지의 답장을 보내오지는 않을까, 미안하다고 진심으로 사과하는 편지를 적어오지는 않을까, 그러면 어떻게 해야 할까, 나애가 바뀔까, 그럼, 화해해야겠지? 아무 일 없었다는 듯 우린 잘 지낼 수 있겠지?

　새벽 여섯 시, 나애와 약속한 달리기 시간이 왔다. 나는 또 전전긍긍했다. 이제 절교했으니 나갈 필요가 없었다. 그런데도 자꾸 가봐야 할 것 같았다.

　내가 전전긍긍하는 사이 시간이 흘렀다. 느리고도 정확한 시간은 이윽고 아침 여덟 시가 되었다. 진짜 학교에 가야 한다. 그래도 망설이고 있었다. 무서웠다. 학교에 갔다가 나애를 만나면 어떻게 해야 할지 두려웠다.

　딩동.

　누군가 현관 벨을 눌렀다. 나는 공포에 질려 숨을 삼키고 인터폰으로 바깥을 훔쳐봤다. 문 앞에 서 있는 사람은 정안이었다. 나는 안심하고 문을 열었다.

　"학교 혼자 가기가 겁나서……."

"나도 그랬어."

나는 어색하게 웃으며 정안이랑 함께 집을 나섰다. 얼마 안 가 이야기가 자연스레 나애 일로 흘렀다.

"너무 불안했어. 나 절교하는 건 이번이 처음이거든. 자꾸 잘 못된 일 같고, 다시 연락해야 할 것 같았어."

"그랬구나……."

정안이 힘을 내라는 듯 고개를 살짝 끄덕여 보였다.

이후 우리는 아무 말도 하지 않았다. 아주 천천히 걸었을 뿐 이다. 나도, 정안이도 서로 무슨 생각을 하는지 빤히 읽혔다.

일찍 도착해 나애와 조금이라도 시간을 갖게 될까 두렵다. 나애가 갑자기 소리를 지르거나, 모두 앞에서 모욕을 줄까 봐, 무섭다. 같이 있는 시간을 최대한 줄이고 싶다.

학교에 도착하고도 우리는 바로 건물 안으로 들어가지 못했 다. 정안이 아지트인 주차장에 한참 숨어 있다가 교실로 갔다. 우 리가 들어가자마자 애들이 다가왔다. 애들은 흥분한 상태였다.

"해환아, 정안아, 괜찮아? 진짜 힘들었지?"

"해환이 너한테 말도 없이 SNS에 영상 올린 거였어?"

"너네 둘 다 조나애한테 심하게 당했다며?"

"교환 일기도 모두 보는 앞에서 찢은 거야? 상처받았겠다."

"정안이 너 모함당한 거라며! 따돌린 건 조나애라며!"

"조나애 오기만 해봐, 가만 안 둬."

"그딴 게, 반장은 무슨 반장이야? 오늘부터 무조건 왕따 당첨이야."

"조나애 초등학생 때는 그 얼굴 아니었다는 소문이 있어. 아마 쌍수 했을걸?"

"엄청 뚱뚱하고 못생겼었대. 알고 있었어?"

애들은 그간 할 말을 꾹꾹 눌러 참아왔다는 듯 우리에게 나애에 대한 험담을 쏟아냈다.

나는 뭐라 해야 할지 몰라 주변을 바라보다가 저만치 멀리서 차갑게 웃는 노라를 발견했다.

역시, 모두 노라가 말한 모양이었다. 나는, 나는, 나는…… 혼란스러웠다.

이렇게 공개적으로 모두에게 밝혀도 되는 걸까? 이 일로 나애가 왕따가 된다면, 그게 과연 옳은 일일까?

나도 결국 나애와 같은 사람이 되는 게 아닐까?

정안도 같은 생각이 든 모양이었다. 정안은 온몸을 덜덜 떨고 있었다. 작년에 학생 식당에서 있었던 일을 떠올린 듯했다. 정안이의 손을 마주 잡았다. 정안이 손은 식은땀으로 가득했다. 내 손과 마찬가지였다.

다행인지 불행인지 오늘 나애는 학교에 오지 않았다.

내일은 중간고사 날이다.

이날만큼은 나애도 학교에 올 것이다.

나는 나애를 어떤 얼굴로 보아야 할까?

아니…… 우리 반 모두는 나애를 어떤 얼굴로 보게 될까?

2024년 4월 23일 화요일

오늘 아침, 반 아이들은 다들 기세등등했다.

"가만 안 둘 거야."

"어떻게 그런 걸 반장으로 뽑았지?"

"조나애, 어떻게 하지?"

나는 달랐다. 나애가 오면 어떻게 해야 할지, 애들이 혹시 나애에게 달려들어 따지기라도 하면 말려야 할지 등을 생각하느라 머리가 아팠다.

뒷문이 열렸다.

모두의 시선이 자연스레 뒷문으로 향했다. 교실 전체에 적막이 흘렀다.

나애의 등장.

"안녕, 좋은 아침."

나애가 생긋 웃는다.

우리는 아무도 대답하지 않는다. 놀라서 나애를 넋 놓고 바라볼 뿐이다.

며칠 안 본 탓인가, 오늘따라 나애는 더욱 아름답다.

나애가 다가온다.

가늘고 긴 팔다리를 낭창낭창 흔들며 아주 천천히, 입가에 비릿한 미소를 띠고 교실에 들어온다.

오늘따라 더 눈부신 나애.

왜일까?

나는 곧 이유를 깨닫는다. 나애의 손에, 새하얀 피부와 대조적으로 번쩍거리는 무언가가 들려 있다.

"나애 손에 뭐지?"

누군가 작게 말한다.

"손에 뭐 든 것 같아. 뭐지?"

"설마, 칼인가?"

"칼인가 봐! 칼 들었나 봐!"

나애가 한 걸음, 두 걸음 내게 다가온다. 자리에 앉아 꼼짝도 하지 않는 내 앞에 선다.

나는 놀라 책상만 쳐다본다. 나애가 천천히 무릎을 굽힌다. 고개 숙인 나와 눈을 마주치려 애를 쓰며 속삭인다.

"……환……니지?"

잘 들리지 않는다. 두근두근, 내 심장 박동 소리가 너무 큰 탓이다.

"우리…… 아니지…… 지?"

나애는 아랑곳하지 않고 내게 속삭인다. 내 얼굴로 자기 손을 뻗는다. 내 뺨에 뭔가 닿는다. 차갑다. 아이들이 칼 아니냐고 수군거리던 그것이 내 뺨에 닿는다.

정말 칼일까?

정말 칼이 내 뺨에 닿은 걸까?

"우리, 절교한 거 아니지……?"

나애의 말에 내 뺨이 베인 듯한 느낌이 든다.

"우리 죽자, 환. 차라리 죽어버리자……."

역시 이건 칼일까? 내 뺨에서 지금 피가 흐르고 있을까?

"자, 다들 자리에 앉아."

선생님의 등장이 날 살렸다. 나는 정신이 번쩍 들었다.

"그만해! 절교야! 다신 같이 안 다닐 거라고!"

나는 거의 비명을 지르다시피 말하며 자리에서 벌떡 일어났다. 나애가 손에 든 것의 정체를 확인했다.

그건, 자였다.

철로 만든 자.

"칼이 아니야……?"

나는 나애가 무시무시한 표정을 짓고 있을 줄 알았다. 그렇지 않았다.

나애는 놀란 표정으로 엉덩방아를 찧고 앉아 있었다. 울 것 같은 표정으로 날 바라보고 있었다.

찰칵.

셔터 소리가 났다. 노라가, 다른 아이들이 나애에게 핸드폰을 들이대고 있었다.

"꼴 좋다."

웃음소리가 났다.

"중2가 엉덩방아라니."

"그렇게 잘난 척하더니."

"이제 학교 어떻게 다닐 거야?"

다들 나애를 보며 웃고 있었다. 점점 웃음소리가 커졌다.

"조용! 그만! 다들 뭐 하는 거야! 조나애, 자리로 돌아가!"

선생님이 호통쳤지만 통하지 않았다.

나애는 혼란에 빠진 표정으로 얼어붙었다. 어쩔 줄 몰라 하며 주변을 두리번거리다가 몸을 일으켰다. 넋이 나간 표정으로 자기 자리로 돌아갔다.

중간고사가 시작됐다. 시험지에 집중할 수 없었다. 평소라면 이십 분 만에 풀고 남은 시간에 엎드려 자거나 아니면 그냥 교실 밖으로 나갔으리라.

오늘은 달랐다.

나는 계속 나애만 생각했다. 아까 나애가 보인 놀란 표정과 두려움에 떠는 모습은 연기라고 볼 수 없었다. 아무리 생각해도 그 모습은 나와 닮아 있었다. 따돌림당했을 때의 나. 모두가 내게 말을 걸지 않아 공포에 질렸던 나…….

하지만 나애가? 나애가 그런 표정을 짓는다고……?

역시 연기가 아닐까? 내 마음을 돌려 이 상황에서 벗어나려고 하는 게 아닐까?

나는 나애를 어떻게 대해야 할지 알 수 없었다.

다행히, 내가 나애를 다시 상대할 일은 일어나지 않았다. 시험을 보는 내내 나애는 얌전했다. 시험이 끝난 후에도 마찬가지였다. 나애는 조용히 혼자 집에 갔다.

숨은 교환 일기

*

처음 생긴 절친에게 잘 보이고 싶었다.

모든 게 완벽해 보이는 나애에게 맞는 사람이 되고 싶었다.

그래서 늘 웃으며 잘해주려고 했다.

어쩌면 이런 내가, 나애에게는 완벽한 친구로 보였던 걸까.

그래서 그랬던 걸까.

2024년 5월 3일 금요일

한동안 일기를 쓸 수 없었다. 마음이 너무 괴로워서 정안이와 쓰는 교환 일기에만 집중해 왔다. 그러다 오늘, 오랜만에 일기를 쓴다. 그간 있었던 일을 정리할 필요가 있었다. 오늘 우연히 본 수첩 때문에…….

4월 23일 이후, 나애는 우리 반 왕따가 됐다. 정확히 말하자면 이 학년 전체에서 왕따가 됐다.

나애는 이제 그저 걷는 것만으로도 애들의 비웃음을 샀다.

"엉덩방아 찧었다며?"

"겁에 질려 울었다던데?"

"무슨 일만 있으면 죽는다고 한대."

내가 아는 나애는, 누가 이렇게 놀리면 절대 지지 않는다. 바로 애들에게 달려들어 말발로 기를 죽인다.

하지만 나애가 변했다.

애들이 뭐라고 하든 받아치지 않았다. 고개를 푹 숙이고, 빠르게 걸어 그 자리를 벗어날 뿐이었다.

점심시간에 나애는 식당에 오지 않았다. 나애가 식당에 들어오는 순간 애들이 이유 없이 박장대소하니까 두려워진 모양이었다. 그래도 학교는 다녔는데…… 4월 30일부터 등교를 거부하기 시작했다.

나애가 아프다고 한다.

처음엔 믿지 않았다. 무슨 일이 있어도 매일 아침 운동하던 나애가 아프다니, 상상이 되지 않았다. 꾀병일 것 같았다. 내가 나애라도 무서워서 학교에 못 올 상황이었으니까.

4월 29일 반장 선거, 노라는 오월의 반장으로 선출됐다.

노라는 모두에게 나애가 저지른 일을 알린 뒤로 우리 반은 물론, 이 학년 전체에서 인기가 많아졌다. 학생회장 선거에 입후보한다는 소문도 있었다. 이런 노라가 반장이 되었으니, 나애의 앞날은 불 보듯 빤했다. 따돌림은 상상도 할 수 없는 수준으로 심해지리라. 나애가 그걸 모를 리 없다. 그래서 학교에 오지 않는 것이겠지.

나는 심란했다. 나애가 잘못한 건 사실이다. 하지만 그렇다고 나애를 왕따시켜야 할까? 꼭 반에 왕따가 있어야만 할까?

이대로 나애가 계속 학교에 안 오는 게 나을 것 같았다. 그렇다면 따돌림당하는 모습을 안 봐도 되니까, 우리 반에는 왕따가 없다고 생각할 수 있으니까.

이런 마음은 오직 정안이에게만 말할 수 있었다. 겉으로 드러냈다가는 내가 대신 왕따가 될지도 모르니까……

중간에 전혀 예상치 못한 곳에서 나애의 소식을 듣긴 했다. 엄마가 도서관에서 우연히 나애를 만났다.

"나애가 학교 안 가고 도서관에 왔더라?"

나는 바로 긴장했다. 나애가 내게 복수하려고 일부러 엄마를 찾아갔을 것만 같았다. 또 엄마를 괴롭혔을 것만 같았다.

"엄마 찾아가서 무슨 말을 한 거야?"

"그런 거 아니고, 우연히 만났어."

"우연히? 어떻게?"

"다른 도서관에 출장차 갔는데 거기 있더라고. 엄청 예뻐서 눈에 확 띄더라. 집안 행사가 있어서 하루 쉰다던데, 몰랐니?"

"아, 으응. 그래. 그랬던 것 같아."

나는 적당히 얼버무리면서 속으로는 생각이 많았다.

정말 우연일까?

또 뭔가를 꾸미는 건 아닐까?

이런 생각을 하고 나면 자괴감이 들었다. 나애를 너무 나쁘게만 생각하는 게 아닌가 싶었다. 심란해하는 사이에도 하루 이틀 시간이 흘러 오늘이 됐다.

오늘 아침 일찍, 우리 집에 손님이 찾아왔다. 나는 엄마 손님인 줄 알았다. 그런데 엄마는 그 사람과 대화하더니 날 불렀다.

"해환아, 네 손님이셔."

내 손님? 누구지?

나는 의아해하며 현관에 나갔다가…… 첫눈에 상대가 누군지 알아봤다.

나애 엄마다.

나애 엄마는 나애가 자라면 저렇게 되지 않을까 싶은 외모와 분위기를 풍겼다. 나애 엄마가 왜 날 찾아왔을까?

"우리 나애가 해환이를 많이 보고 싶어 하는데, 혹시 와줄 수 있겠니?"

나는 대답을 망설였다. 내가 머뭇거리자, 엄마가 대신 대답했다.

"나애가 병원에 입원했대. 이따가 학교 끝나고 병문안 가봐."

설마…….

바로 나애가 입버릇처럼 했던 말이 떠올랐다. 죽자, 우리 같이 죽자, 해환아……. 상상하는 것만으로도 몸에 소름이 돋았다.

"좀 아파서. 그렇게 심각한 건 아닌데, 해환이를 무척 보고 싶어 하는구나."

나애를 만난다. 그것도 병원에서 단둘이……? 상상만 해도 두려웠다.

나애다. 철로 된 자를 칼인 척 내 뺨에 댔던 나애, 몇 번이고 내게 같이 죽자고 한 나애다.

만약 정안이 같이 가준다고 하면 가능할 것도 같지만, 그러려면 일단 학교에 가서 의견을 물어야 했다.

"얘가 왜 이래?"

엄마가 의아해했다.

"너 나애랑 사이좋잖아. 어서 대답해 드려. 간다고."

"아니에요, 해환이 어머니. 이럴 수도 있다고 했어요……."

내가 한참을 망설이니까 나애 엄마가 말을 이었다.

"둘이 뭔가 약속했다더라고요. 해환이 약속을 어길 수 없을 거라고."

"무슨 약속인데 그럴까요?"

…… 절교라는 약속.

"절대 안 가르쳐주더라고요. 아무튼 그래서 해환아, 대신 나애가 이걸 부탁했는데 혹시 들어주겠니? 병원에 와서 얼굴을 보여주는 게 약속을 어기는 일이라면 자기 방에 들르는 건 어떠냐고 묻더라. 대신 그림 좀 봐달라고."

"그림이요?"

"그래, 그림. 네게 꼭 보여주고 싶다는구나."

나는 잠시 생각하다가 고개를 끄덕였다. 나애를 만나는 건 두렵지만, 본인이 없는 방에 들르는 것은 그렇게까지 겁나지 않았다.

학교에 가서 정안이에게 나애의 입원 소식을 전했다. 정안이 역시 꽤 놀라는 듯했다. 하지만 정안이도 나와 마찬가지로 병문안 가는 건 두려워했다.

"나는, 나애가 순수한 마음으로 우릴 보려는 게 아닐 것 같아."

정안이도 역시 나와 같은 생각이었다. 대신, 이따가 나애네 집에는 같이 가주기로 했다.

나와 정안은 학교 끝나고 함께 나애네 집으로 향했다. 가는 내내 자꾸 가슴이 벌렁거리고 다리가 후들거렸다. 이런 마음은 정안이 역시 마찬가지였나 보다.

"혹시 이것도 다 거짓말은 아닐까. 사실 나애가 집 안에서 우리를 기다리고 있지는 않겠지?"

나도 계속 그런 상상을 하고 있었다. 나애 엄마를 우리 집에 보낸 게 일종의 함정이라고, 사실 복수하려는 꿍꿍이라고 자꾸만 생각하고 있었다.

"그래도 약속했으니까…… 나는 가야 할 것 같아."

"해환아, 괜찮겠어?"

"괜찮아. 여기까지 함께 와줘서 고마워."

나는 심호흡을 크게 하고 벨을 눌렀다. 자동문이 열렸다. 혼자 들어갔다. 낯익은 아파트 로비, 낯익은 엘리베이터, 낯익은 나애네 집 현관문, 그리고 문이 열리자 나타난…… 낯익지만 다른 얼굴.

"어서 오렴."

나애 엄마였다.

나는 바로 들어가지 못하고 머뭇거렸다. 그러자 나애 엄마가 이미 다 눈치채고 있다는 듯 말했다.

"나애는 없어. 정말로 병원에 있단다."

나애 엄마는 방문을 열어 안을 보여주기까지 했다. 현관에서 마주 보이는 나애 방은 비어 있었다.

그제야 안심하고 신발을 벗었다.

나애 방에 들어가 양털 러그 위 커피 테이블 앞에 섰다. 주변을 두리번거렸다. 나애 방은 여전히, 나애가 없어도 화려했다. 모든 게 고급스러웠다. 달라진 것은 단 하나, 침대 머리맡의 그림뿐. 온통 황금으로 둘러싸였던 남성은 어디로 가고, 전혀 다른 얼굴이 홀로 그곳에 있었다.

그것은 무너지는 얼굴이었다.

눈동자가 없는 얼굴은 어찌 보면 가면 같기도 했다. 얼굴 곳곳에 박힌 쇠못이 흘러내려 무너지는 것을 가까스로 지탱했다. 남성은 쇠못의 통증에 괴로워하는 듯했다. 아프다. 너무 아프다. 하지만 결코 티 낼 수는 없다. 결코 약점을 드러내지 않을 테다. 어떻게든 이 가면을 유지하겠다. 하지만 남자의 생각과 달리 얼굴은 계속 녹아내린다…….

나는 황금빛 남성 그림을 봤을 때만큼 큰 충격을 받았다. 넋 놓고 그림만 바라보는데 등 뒤에서 목소리가 들렸다.

"살바도르 달리의 〈구운 베이컨과 부드러운 자화상〉이란다."

나애 엄마였다. 손에는 커피 잔이 들려 있었다.

"나애가 이 그림을 네게 꼭 보여주고 싶어 했는데, 왜 그런지는 나도 잘 모르겠구나. 그럼 잘 쉬다 가렴."

나애 엄마는 나애와 외모는 비슷했지만, 말투나 태도가 전혀 달랐다. 커피 테이블에 커피 잔을 내려놓았다. 방을 나가면서 소리 나지 않게 방문을 닫아주었다. 배려가 온몸에 밴 듯한 행동이었다.

나는 나애 엄마가 준 커피 잔을 손에 들었다. 커피 위에는 나애가 예전에 해준 것과 같은 라테아트가 그려져 있었다. 한 모금 마신 후 다시 그림을 바라보았다.

나애는 내게 이 그림을 보여주고 싶다고 했다. 그건 무슨 뜻일까.

나는 그림에서 이상한 점을 발견했다. 액자가 살짝 오른쪽으로 기울어 있었다. 커피 잔을 테이블 위에 내려놓고 자리에서 일어났다. 그림으로 다가가 액자를 양손으로 잡아 살짝 움직여 보는데…… 오른손에 닿은 액자 뒷면의 느낌이 이상했다. 뒷면의 귀퉁이 쪽에 뭔가 붙어 있었다. 그것은 내 손이 닿자마자 기다렸다는 듯, 내 손에 쏙 들어왔다. 나는 액자를 바로 하고 그것의 정체를 확인했다.

그것은 손바닥에 들어올 만큼 작은 크기의 수첩이었다.

나는 수첩을 폈다.

* * *

2024년 4월 29일 월요일

나는, 나는…… 이야기할 사람이 너무 필요해서…….

네가 나를 받아주지 않겠지만, 그래도 혹시, 혹시 나를 받아준다면…….

나, 절대로 절대, 절대! 말은 안 걸게. 그냥, 그냥 제발 그냥…….

모르겠다. 내가 뭘 적는지.

해환아, 그냥…… 제발.

괜찮다고 해줘. 절교를 없던 일로 해달라는 게 아니야.

나는 그냥, 제발 그냥…… 이야기라도…… 네게, 네게 교환 일기를 보내도 괜찮다고, 제발, 제발…….

* * *

종이가 울어 있었다. 내가 따돌림당할 때 일기를 쓰며 울었듯이, 나애도 이 일기를 쓰며 울었으리라.

수첩에게라도 이해받고 싶었으리라.

그렇게 첫 장을 폈겠지. 매일…… 조금씩…… 일기를 적었겠지.

누구에게 보여주고 싶지만, 보여주지도 못한 채, 예전의 나처럼 보이지 않는 누군가에게 말을 걸듯이.

나는 다음 장으로 넘겼다.

2024년 4월 30일 화요일

어제 나는 왜 그런 걸 적었던 걸까. 환에게 보낼 용기도 없으

면서……. 하지만 그렇게라도 적고 나니, 오늘은 훨씬 마음이
나아졌다.

그래도 학교에 갈 용기는 나지 않았다.

노라가 오월 반장이 되어버렸다. 날 그냥 둘 리 없다. 아니,
이미 그냥 두지 않고 있다. 단톡방이 열린다. 단체 문자가 온다.
하나같이 내 앞에서 내 욕을 한다.

너 얼굴 고친 거지?

너네 집 자가 아니지?

당하니까 기분이 어때?

매일 죽고 싶다, 죽고 싶다, 한다던데, 차라리 죽지?

내가 엉덩방아를 찧는 모습을 언제 찍었는지, 뚱뚱하고 못생
긴 어렸을 때 모습은 어떻게 찾았는지 계속 공유한다. 단톡방
을 나와도 몇 번이고 다시 초대한다. 스마트폰을 꺼버리고 싶
지만, 할 수가 없다. 연락이 안 되면 아빠가 화낼 테니까.

아빠는 내가 연락 안 되는 걸 질색한다. 학교와 학원에 갈 때
를 제외하고는, 문자를 받으면 즉답해야 한다. 전화가 오면 바

로 받아야 한다. 그러지 않으면 불같이 화를 낸다. 내가 말을 안 들으면 엄마가 혼이 난다.

이십삼 일에도 학교에 가지 말았어야 했는데, 아빠가 화를 내서, 중간고사인데 왜 학교에 안 가냐고 소리를 질러서, 엄마에게 물건을 던져서, 도저히 안 갈 수가 없었다. 그래도 안 갈 걸 그랬다. 엄마가 맞든 말든 안 갔다면 지금 내가 이렇게까지 괴롭지는 않을 텐데.

내일 학교에 안 간다고 하면 아빠는 또 내가 보는 앞에서 엄마를 때릴까? 엄마가 맞는 건 다 내 탓이라고, 내가 학교에 가지 않은 탓에 아빠가 화난 거라고 말할까? 그러면 어떻게 해야 하지? 차라리 죽을까? 내가 죽으면 아빠가 더는 소리를 지르지 않을까? 엄마도 맞지 않겠지? 학교에 안 가도 되겠지?

2024년 5월 1일 수요일 오전, 도서관에서 씀

엄마가 맞는 걸 볼 수는 없었다. 나는 학교에 가는 척하고 집에서 나와서 도서관으로 왔다.

내가 도서관이라니, 나도 어이가 없어서 웃음이 난다. 아무것도 하기 싫어서 멍청히 있다가 스마트폰을 보니 엄마에게 문자며 전화가 잔뜩 와 있었다.

엄마 학교 안 갔다며.

엄마 어디 갔어.

엄마 나애야, 정말 왜 이러니?

엄마 엄마 큰일 나.

엄마 엄마 아빠한테 맞아 죽는 거 보고 싶어서 그래?

대체 엄마에게 뭐라고 해야 할까. 내가 다시 왕따가 됐다고, 심지어 학년 전체 왕따라고 말할 수는 없다······. 그랬다간 엄마는 분명 내 탓을 할 테니까. 내가 뭔가 잘못해서 왕따가 됐다며 나를 힐난할 테니까······.

초등학교 오 학년 일 학기 때, 서울로 전학을 오자마자 난 왕따가 됐다.

나는 키가 너무 컸고, 뚱뚱했고, 까맸다. 애들은 나를 '똥돼지'라고 놀렸다. 몇 번이고 화장실에 갇혔다. '똥돼지'니까 똥을 먹어야 한다고. 그때 나는 결심했다. 반드시 왕따에서 벗어나겠다고, 절대로 왕따당하지 않겠다고.

여름방학이 되자마자 다이어트 프로그램에 들어갔다. 이를 악물고 운동했다. 식단 조절도 시작했다. 엄마가 다니는 피부과에서 시술도 받았다. 그러는 내내 엄마에게 잔소리를 들었다.

"그러니까 진작에 작작 좀 먹으라고 말했잖아."

"넌 왜 그렇게 내 말을 무시하니? 엄마 말이 말 같지 않니?"

"내가 말했지? 자외선 차단제 발라야 한다고."

나는 엄마 말에 일일이 반항했다.

"엄마는? 엄마는 같이 안 먹었어? 떡볶이랑 피자랑 치킨이랑 시킨 건 엄마잖아!"

"그러는 엄마는 내 말 안 무시했어? 엄마가 먼저 무시했으니까, 내가 무시한 거잖아?"

"자외선 차단제를 좀 사주고 말해. 맨날 엄마 쓰다 남은 거 줬잖아!"

다이어트 기간 내내 우리의 언성은 높아져만 갔고, 결국 나중에는 나 혼자 살을 빼게 되었다.

차라리 그게 나았다.

혼자 있으면 상처받지 않아도 되니까.

터질 듯한 분노를 운동에 쏟아놓으면 되니까.

그래봤자, 세상에 내 편은 아무도 없으니까…….

이 학기 첫날, 달라진 나는 모두의 주목을 받았다. 당연한 일이다. 나는 여름방학 동안 무려 이십 킬로그램이나 감량에 성공했다. 자연스레 왕따에서 벗어났다.

하지만 나는 절대 만족하지 않았다.

애들은 언제 어떻게 돌변할지 모른다. 이래 놓고 일주일 후, 아니 사흘, 아니 내일, 아니 오늘 당장! 날 왕따로 만들지도 모른다!

선제공격해야 한다.

"내가 이렇게 살 뺀 건 다, 날 왕따라고 놀린 애들 덕분이야. 그거 알아? 최고의 다이어트 동기는 왕따라는 거."

"대체 누가 나애를 왕따라고 했어?"

"누가 그랬지?"

"너야? 너?"

애들은 우스웠다. 함께 따돌린 주제에 마치 그런 적은 없다는 듯 주동자 색출에 나섰다.

애들은 알아서 이번엔 주동자를 따돌리기 시작했다. 나는 팔짱 낀 채 딱 한 가지에만 집중했다.

다시는.

절대로.

왕따가 되지 않겠어.

내가 안 하면, 남이 날 왕따로 만든다.

내가 먼저 하는 게 옳다.

절대 지면 안 된다.

누구보다 뛰어나야 한다. 외모든, 체력이든, 머리든.

그렇게 나는 살아남았다.

작년에도 그랬다.

일 학년 일 학기, 반에 들어가자마자 내가 압도적으로 뛰어나다는 걸 보일 셈이었다. 그런데 선생님은 나를 쳐다도 안 보고 바로 최정안을 반장으로 뽑았다.

나는 두려웠다.

최정안이 권력을 가지면 누군가를 따돌리겠지? 자신의 적수가 될 수 있는 나를 분명 아니꼽게 볼 거야. 나는 다시 왕따가 될지도 몰라.

나는 최정안을 짓눌러야 했다. 살아남기 위해서, 결코 왕따가 되지 않기 위해서.

이 학년 때도 그렇게 했는데…….

그런데 왜, 왜, 왜……?

나는 왜 지금 다시 왕따가 됐을까?

뭐가 잘못된 거지?

대체 뭐가……?

환?

환을 가까이한 게 문제일까?

하지만 나는 환을 가까이해야만 반장이 될 수 있었다. 정안이 그대로 반장이 된다면 내게 복수했을 게 빤하다. 뭣보다 환은, 환은…… 정말 내게 잘해주었어.

나는 환을 다시 갖고 싶어.

환이랑 다시 친구가 되고 싶어.

환은 정말, 정말, 정말…… 내 말을 뭐든 다 들어준단 말이야.

그래, 환은 절대 아니야. 환은 절대 절대 아니라고.

환은 지금 최정안한테 넘어간 거야. 최정안, 환을 빼앗다니!

……역시 안노라? 안노라를 철저하게 밟지 않은 게 문제였나?

그래!

그게 문제였어.

내가 너무 안노라를 얕봤어!

안노라가 이렇게 권력을 잡게 두면 안 됐는데! 안노라를 밟아야 했는데!

제기랄!

나는 이를 악물고 안노라를 무너뜨릴 생각만 했다. 하지만 아무리 해도 떠오르는 방법이 없었다. 저절로 머리카락으로 손가락이 갔다.

초등학교 오 학년 때, 따돌림당하자 스트레스로 머리카락을 뽑았다. 원형탈모라고 점점 빈 부분이 늘어났다. 아빠가 이 사실을 알았다. 분노했다. 아빠는 내 손이 머리카락으로 갈 때마다 철로 된 자로 손등을 때렸다. 지금도 나는 머리카락으로 손이 가면 깜짝 놀라 얼른 뗀다. 겁에 질려 주변을 두리번거린다. 어디선가 아빠가 보고 있을 것만 같아서다.

아빠는 없었다.

안심했다.

대신 뜻밖의 사람과 눈이 마주쳤다. 한 아줌마가 내 옆에 서서 호기심 어린 표정을 하고 있다가 말을 걸어왔다.

"긴가민가했는데…… 나애 맞지?"

환의 엄마였다.

나는 당황했다. 환네 엄마가 왜 여기 있지? 환의 엄마가 다니는 도서관은 여기가 아닌데? 일부러 피했는데! 동시에 두려웠다. 환의 엄마가 나를 미워하면 어떻게 하지? 내가 환을 괴롭혔다고 오해하고, 때리면?

아니에요!

절대로 그런 거 아니라고요!

교환 일기를 찢은 건 질투가 나서! 최정안과 더 친하다니까 참을 수가 없어서!

절대로 환이 싫어서 그런 건 아니라고요!

절대로!

절대로 절대로 절대로!

나는 겁에 질려 얼굴을 가렸다.

"어머나, 낯가리니?"

환의 엄마가 웃었다.

"갑자기 말 걸어서 놀랐구나. 나는 이쪽 도서관에 볼일이 있어서 잠깐 왔어. 그런데 나애야, 오늘 학교 안 갔니? 해환이는 갔는데?"

"아, 네. 오늘 우리 집 행사가 있어서 도와야 해요."

"어머, 그렇구나. 나애는 참 착하구나."

환의 엄마는 아무것도 눈치채지 못한 듯했다. 그렇다면 환이 내 이야기를 하나도 안 했다는 뜻이다.

다행이야.

환이 날 그렇게까지 싫어하지는 않는구나…….

더불어 한 가지 아이디어가 떠올랐다.

환은 부모님을 끔찍이 아낀다. 환의 엄마와 친해지면, 마음을 돌리지 않을까?

환, 내 절친…….

내 마음을 모두 이해해 주던 단 한 명의 친구…….

진짜 내 거…….

"저, 사실 고민이 있는데, 잠깐 상담해 주실 수 있을까요?"

"뭔데 그러니?"

"최근 친구한테 절교당했어요. 저를 오해한 것 같아요. 저는 그 친구를 너무 좋아하는데…… 그 친구는 제가 전화를 걸어도 안 받고, 만나주지도 않아요. 이런 친구와 화해하려면 어떻게 해야 할까요?"

환의 엄마는 잠깐 생각하는 듯하더니 말했다.

"편지를 써보면 어떻겠니?"

"편지요?"

"그래, 전화를 안 받고 만나주지는 않아도 편지는 받아줄 것 같은데. 어떠니?"

편지……. 나는 웃음이 났다.

그건 내가 이미 생각했던 거니까. 환한테 교환 일기를 적어 보려고 수첩을 꺼냈으니까. 하지만 전해주지 못해서 그냥 이렇게 일기장이 됐으니까…….

역시 환의 엄마도 뭔가 뾰족한 수가 떠오르지는 않는구나.

어떻게 하면 좋지…….

어떻게 해야 정안에게서 환을 되찾을 수 있지…….

2024년 5월 1일 수요일 밤, 집에서 씀

저녁에 집에 돌아와 결국 엄마에게 모든 걸 밝혔다.

"나 왕따야."

"뭐?"

"그냥 왕따도 아니고 이 학년 전체에서 왕따가 됐어. 그래서 학교 못 가."

엄마는 말 그대로 얼어붙었다. 잠시 넋이 나간 듯한 표정이 되었다가 다시 입을 열어 물었다.

"너 또 살쪘구나?"

예상대로, 엄마는 날 의심부터 했다.

"그렇게 많이 먹지 말랬는데, 자꾸 떡볶이 먹고, 햄버거 먹고 다니더니, 살쪘구나? 아니면 시험 망쳤어?"

"엄마는 떡볶이 안 먹었어? 햄버거 안 먹었어? 엄마는 시험 망친 적 없어?"

"또, 또, 말대답! 내가 말대답하지 말랬지!"

"어떻게 말대답을 안 해? 엄마가 먼저 시비조면서!"

"그런데 이 계집애가! 대체 넌 왜 그러니? 누굴 닮았기에 이래?"

"엄마 닮아서 그렇잖아! 몰라서 물어?"

"어쩌면 좋아! 너네 아빠 알면 난리가 날 텐데! 내가 못 산다. 살 수가 없다."

엄마가 조금이라도 내 편을 들어줄 걸로 생각한 게 잘못이었다. 나는 짜증 나서 방에 들어가 문을 쾅 닫고 잠가버렸다. 음악의 볼륨을 최대한 올렸다. 엄마가 "볼륨 좀 줄여!" 하고 소리를 질렀지만 무시했다. 얼마 지나지 않아 밖이 조용해졌다. 거의 동시에 현관문 열리는 소리가 났다.

아빠의 등장.

아빠가 오면, 나와 엄마는 무조건 현관 앞에서 인사해야 한다. 나는 급히 문을 열고 나가서 아빠를 마중했다.

"아빠 오셨어요."

"여보, 오셨어요."

우리는 아무 일 없었다는 듯 아빠를 대했다.

"밥은?"

아빠는 딱 한 마디 하고 무뚝뚝한 표정으로 거실로 향했다. 엄마는 그런 아빠를 향해 "바로 차릴게요"라고 말하고는, 재빨리 내 팔을 잡고 작은 목소리로 쏘아붙였다.

"너네 아빠 알면 끝장이야, 알지? 절대로 말하지 마. 왕따도, 학교 안 간 것도."

엄마는 손힘이 정말 세다. 내 손힘은 엄마를 닮았다. 그런 엄마가 내 팔을 꽉 잡아당기자, 그것만으로도 팔에 멍이 들었다.

"알았다고! 아파! 놓으라고!"

평소 같으면 이럴 때 환에게 메시지를 보냈을 텐데, 내 힘든 마음을 이야기했을 텐데, 그러면 마음이 훨씬 나아졌을 텐데…… . 하지만 나에겐 이제 환이 없다. 메시지를 보낼 수 없다.

방에 들어갔다. 환에게 돌려받은 스마트폰을 꺼냈다.

환은 새 스마트폰을 샀을까?

나 말고 정안이랑 메시지를 하루 종일 주고받을까?

그건 싫어.

너무너무 싫어.

환은 내 건데.

나만의 환인데…… .

스마트폰을 가만히 쓰다듬으며 몇 번이고 환, 환, 하고 불러 보았다.

답은 오지 않았다.

환.

환.

나의 환…… .

대신 다시 노트를 펴고 환의 이름을 적어본다.

환, 내가 널 얼마나 그리워하는지 아니? 나 학교는 가고 싶지 않지만, 너는 보고 싶어. 정말 우리는 다시는 못 만나는 거야?

나는 대체 어떻게 해야 할까?

2024년 5월 2일 목요일, 오후 1시, 집에서

망했다. 다 끝장이다. 이제 난 완전히 망해버렸어. 망했어.

아빠가, 아빠가 알아버렸다.

오늘 그만, 아빠가 회사에 갔다가 집에 일찍 돌아오는 바람에.

내가 집에 있는 걸 봐버렸다. 학교에 안 간 것도 알아버렸다.

엄마를 막 때린다. 그만 때리라고 해도 말을 듣지 않는다.

아빠가 동네 망신이라고, 딸 교육을 어떻게 한 거냐고 소리를 고래고래 지른다.

물건을 던진다.

인터폰이 울린다. 경비 아저씨가 찾아왔다.

무서워.

무서워, 환.

도와줘, 환, 환, 환.

나 너무 무서워. 어떻게 하면 좋아. 도와줘. 제발, 도와줘.

2024년 5월 3일 금요일 새벽 2시, 집에서

자정이 넘어서야 내 처분이 결정됐다.

부모님은 내가 서울에 적응하지 못하는 걸 더는 용납할 수 없다고, 할머니 집으로 가라고 했다.

그곳에서 학교에 다니라고, 아빠는 내가 꼴도 보기 싫다고 했다.

엄마도 내가 싫다고 했다.

나 때문에 아빠에게 맞는 거라고, 너만 없어지면 다 해결될 거라고 했다.

엄마 아빠 말이 맞다.

내가 없어지면 엄마 아빠는 분명 행복해질 거다.

그렇겠지, 아마 그렇겠지……. 내가 없어지는 게 모두를 돕는 거겠지.

*　*　*

나애의 일기가 갑자기 끝났다. 새벽 두 시가 마지막이었다.

글씨가 거의 날아가듯 적혀 있었다.

나애는 이 일기를 적은 직후 그림 뒤에 수첩을 숨겼을까? 그 후 무슨 일이 있었을까?

왜 나애는, 병원에 입원해야 했을까? 설마, 어쩌면 나애는…….

나는 나애의 입버릇을 떠올렸다.

나, 확 죽어버릴 거야.

나는 방문을 두드리는 소리가 날 때까지 멍청히 앉아 있기만 했다.

"해환아, 나애 아빠가 왔는데, 인사할래?"

나애 아빠. 조금 전 일기에서 본 나애 아빠, 나애 엄마와 나애를 때린다…… 그 사람.

나는 긴장해서 자리에서 벌떡 일어났다. 방문이 열리며 보인

중년 남성에게 몸을 거의 직각으로 구부려 인사했다.

"아, 안녕하십니까!"

가슴이 미친 듯이 뛰었다. 갑자기 나애 아빠가 화를 낼 것만 같았다. 여기서 뭘 하냐고, 왜 허락도 없이 나애 방에 들어가 있냐고, 무슨 꿍꿍이냐고 소리를 지를 것 같았다.

"아, 그래요. 고마워요. 나애 아빠예요."

그런데 다정한 목소리가 돌아왔다.

나는 천천히 몸을 일으켰다. 나애 아빠와 눈을 마주쳤다.

"나애가 아프다고 와주다니, 고마워요. 저녁 먹고 갈래요?"

나애 아빠는…… 키가 아주 작았다. 나만 했으니, 백칠십 센티미터도 안 될 듯했다. 게다가 전체적으로 몸이 포동포동하고 볼품이 없는 데다, 머리가 새하얀 게 할아버지 같았다.

이런 사람이 나애를 때렸다고? 나애 엄마를 때렸다고?

나는 혼란스러웠다. 아무리 봐도 이상했다.

"해환 학생?"

내가 아무 말도 없자, 나애 아빠가 다시 한번 날 조심스레 불렀다. 나도 조심스럽게 물었다.

"나애 왜 병원에 입원한 건가요? 어디 아픈가요?"

"충수염이란다."

나애 엄마가 말했다.

"새벽에 배가 너무 아프다고 해서 실려 갔는데, 맹장이라지 뭐니."

"그렇구나. 저, 그리고 또 하나…… 나애 혹시 전학 가나요?"

"어머, 나애가 벌써 말했니?"

나애 엄마가 또 말했다.

"나애, 유학을 갈 예정이야. 미국에 할머니가 사시거든. 가서 몇 년 살면서 영어도 익히고 하기로 했어. 그래서 해환이랑 이 야기하고 싶다고 연락한 거였는데."

"해환 학생이 우리 나애하고 정말 친한가 보군요."

나애 아빠가 흐뭇한 미소를 지었다.

"어떻게, 저녁 먹으면서 더 이야기하겠어요? 나애의 학교 이 야기도 듣고 싶네요. 혹시 유학 계획 있으면 같이 이야기해 보 고."

나애 부모님은 계속해서 내게 저녁을 권했다. 상냥한 두 분 의 모습과 나애가 일기장에 적은 부모님의 행동이 크게 차이 가 있었다.

뭔가 이상하다.

뭔가 많이, 이상해…….

저녁을 여러 번 사양한 후에야 나애의 집에서 나설 수 있었다. 나애 부모님은 무척 섭섭해하며 작은 종이 쇼핑백을 건네주었다.

"다음엔 꼭 저녁 먹고 가요."

나는 또 한 번 직각이 되도록 몸을 굽혀 인사한 후 나애의 집을 빠져나왔다.

엘리베이터에서 종이 쇼핑백의 내용물을 확인했다. 그 안에는 알록달록한 사탕이 가득 든 병이 들어 있었다.

나는 더더욱 혼란스러워졌다.

이런 것까지 챙겨주는 두 분이 정말 나애를 구박했을까? 나애를 때렸을까? 나애가 창피하다고 시골로 보내려 할까?

어쩌면 이 수첩마저도 나애의 거짓말이 아닐까?

다행히 내겐 이런 이야기를 상의할 친구가 있었다.

최정안.

정안은 아직 날 기다려주고 있었다. 아파트 근처 벤치에 앉아 있다가, 내가 "정안아!" 하고 부르자 바로 다가왔다.

"한 시간도 넘게 거기 있었어. 뭔가 있었던 거야? 그건 뭐야? 사탕?"

"나애 부모님이 주셨어. 그러니까 아까 무슨 일이 있었냐면……."

나는 나애의 방에서 숨겨둔 일기를 발견한 일, 그리고 일기에 적힌 것과 전혀 다른 나애 부모님을 뵌 일을 정안에게 말했다.

"대체…… 뭘까? 정말 나애는 부모님께 학대받은 걸까? 아니면 모두 거짓말? 해환이 너를 다시 불러내려고 하는 거짓말?"

정안은 나와 똑같은 질문을 했다.

"나도 잘 모르겠어……."

우리는 혼란을 공유한 채 헤어졌다.

그리고 나는 지금, 일기를 적고 있다. 오늘 있었던 일, 대체 이게 무슨 상황인 건지 정리해 보기 위해서.

대체 어떤 게 진실일까.

나애의 부모님은 정말 나애를 그렇게 괴롭혔을까, 아니면 이 모든 게 다 나애의 거짓말일까.

나는 어떻게 해도 나애 생각을 접을 수가 없다. 아마도 나는 오늘도, 내일도, 모레도, 그리고 나애가 전학을 가더라도……
결코, 나애 생각에서 벗어나지 못하리라.

　…… 어쩌면, 이게 나애가 내게 바란 것일까?

　난, 어떻게 하면 좋지?

2024년 5월 4일, 토요일 아침

새벽 여섯 시에 일기를 쓰고 있다.

밤을 새운 탓이다.

　몰래 가져온 나애의 일기장을 몇 번이고 반복해서 다시 봤다. 나애의 일기를 볼수록 혼란스러웠다. 일기 속 나애의 이야기가 진실인지, 아니면 몽땅 거짓말인지 확신이 서지 않았다. 처음엔 나애의 부모님을 만나 직접 일기장 속의 이야기를 물어볼까, 생각도 했다. 하지만 조금 지나자, 그건 아니라는 생각이 들었다. 나애 부모님이 진실을 말하는지 어떻게 판단한단 말인가?

　나는 아예 생각을 그만두기로 했다. 남을 완벽하게 이해한다는 건 불가능한 일이다. 그보다는 나 자신이 나애를 어떻게 대할 것인가에 집중하는 것이 옳았다. 나는 나애가 날 어떻게 생각하는지에 집중해서 다시 일기를 읽었다.

나는 환을 다시 갖고 싶어. 진짜 내 거.
내 마음을 모두 이해해 주던 단 한 명의 친구.
환은 정안이랑 하루 종일 메시지를 주고받을까?
환은 부모님을 끔찍이 아낀다.

나애는 나를 '내 거'라고 표현했다. 이건 나를 사물처럼 대한다는 뜻이다. 또 나애는, 내가 자신과 그랬듯이 정안과 하루 종일 메시지를 주고받을 것이라고 상상했다. 가장 중요한 건…… 내가 자기 마음을 완벽하게 이해한다고 생각한 점이다. 나애는 그래서 내게 계속 매달리려 했다.

나 너무 무서워. 어떻게 하면 좋아. 도와줘. 제발, 도와줘.

남을 완벽하게 이해한다는 건 불가능한 일이다. 세상에 그런 사람이 어디 있나?

그런데 나애는 나를 그런 사람이라고 생각했다. 내가 자기를 완벽하게 이해해서 자기한테 맞춰준다고 여기고 있었다.

아닌데.

절대로 그렇지 않은데…….

나는 나애가 말하는 것처럼 착한 사람이 아니다. 실수투성이에 사람을 싫어하기도 하며 때론 금방 좋아하기도 하고, 마구화를 내기도 한다. 엄마에게도 이유 없이 짜증 내고, 어떤 땐 엉엉 울며 집 나가겠다고 고함을 지르기도 한다.

나애는 이런 나는 전혀 모른다. 왜냐하면 나는, 나는, 나는…… 잘 보이고 싶었으니까.

처음 생긴 절친에게 잘 보이고 싶었다. 모든 게 완벽해 보이는 나애에게 맞는 사람이 되고 싶었다. 그래서 안 좋은 모습은 최대한 감췄다. 늘 웃으며 잘해주려고 했다.

어쩌면 이런 내가, 나애에게는 완벽한 친구로 보였던 걸까. 그래서 내게 집착했던 걸까.

…… 물론 이 모든 게 나 좋을 대로 생각한 것일 수 있다.

하지만 이렇게라도 하지 않으면 나는 앞으로 나아갈 수가 없다. 누군가를 미워하는 건, 누군가를 좋아하는 것보다 훨씬 큰

에너지가 필요하다.

나는 나애를 미워하고 싶지 않다. 나애를 위해서가 아니라, 나 자신을 위해서…….

나는 결심했다.

나애에게 내 모든 것을 보여주기로. 좋은 점도, 나쁜 점도 모두 보여주겠다고.

마침, 내게는 무기가 있다.

초등학교에 들어간 이후로 지금까지 계속 일기를 써왔다. 나는 이 일기장을 몽땅 챙겨 입원 중인 나애에게 가져갈 거다. 퇴원할 때까지 다 읽어보라고, 내가 완벽하지 않다는 걸 알아달라고, 그래도 나와 친구가 된다면 이젠 얄짤없다고, 가차 없이 대할 거라고, 싸울 땐 싸우고, 화해할 땐 화해할 거라고…….서로의 마음을 숨김없이 주고받는 진짜 교환 일기를 적자고 할셈이다.

에필로그

5월 4일 오전 여덟 시, 해환이 집을 나선다. 가방이 묵직하다. 평생 쓴 일기를 모두 담은 탓이다.

해환은 나애의 병원으로 향한다.

나애가 입원한 병원까지는 걸어서 사십 분, 버스로는 십오 분 거리다.

예전의 해환이었다면 버스를 탔으리라. 지금은 다르다.

해환이 달린다.

나애를 향해서.

눈부시지도, 잔인하지도 않은, 그저 친구인 나애를 만나기 위해서 지금 달린다.

작가의 말

첫 청소년 장편소설 《유리가면 : 무서운 아이》를 적은 후 다양한 학교에서 강연을 할 기회를 얻었습니다. 그러던 중 한 중학교에서 무기명으로 질문을 받았습니다. 위트 넘치는 질문들 중 따돌림에 대한 심각한 고민이 눈길을 끌었습니다.

어떻게 하면 따돌림에서 벗어날 수 있나요?

이 질문에 난감함을 감출 수 없었습니다. 당시 저는, 따돌림에서 벗어나는 방법을 알 수 없었거든요. 그래서 솔직하게 말했습니다.

"저는 어렸을 때 따돌림을 겪었습니다. 그저 시간이 가길 기다리며 버틸 뿐이었습니다. 야마다 에이미의 소설 《풍장의 교실》에서 본 것처럼, 마음속에서 아이들을 하나, 둘 풍장시키며

이 순간이 언젠간 다 끝날 거라고 스스로에게 말하길 반복했습니다. 그렇게 따돌림을 잘 이겨낸 줄 알았습니다. 하지만 20년도 더 지나 《취미는 악플, 특기는 막말》에 제 경험을 바탕으로 한 단편 〈하늘과 바람과 벌과 복수〉를 적을 때, 저는 복받쳐 울어버렸습니다. 거의 20년 전 일인데도 당시의 일이 떠올라 힘들더군요."

이 이야기를 들은 학생들의 표정은 매우 심각했습니다. 그렇다면 따돌림은 해결책이 없는 건가, 싶은 표정이었죠.

저는 어른 된 도리를 못한 것 같아 마음에 걸렸습니다. 이후 계속해서 생각했습니다.

따돌림에서 벗어나는 방법이 정말 없을까?
진짜 정말, 없을까?

한참의 고민 끝에 내놓은 답이, 이 이야기입니다.
주인공 해환은 우연히 나애를 만나 따돌림에서 벗어납니다. 하지만 자신이 따돌림에서 벗어난다고 해서, 왕따가 완전히 사라지지 않는다는 사실을 알게 됩니다. 해환은 생각합니다.

우리가 서로를 진심으로 이해한다면 어떻게든 되지 않을까?

이 질문에 대한 답은 소설에 적지 않았습니다. 열린 결말로 두었는데요, 이 부분에 대해서는 보는 이의 상상에 맡기고 싶어서입니다.

나애가 해환의 진심을 받아들이지 않는다고 상상한 학생은 지금 어떤 상황일까? 어떤 기분이 들었기에 그런 생각을 했을까?

반대로, 나애가 해환의 진심을 받아들인다고 상상한 학생은 지금 어떤 상황일까? 어떤 기분이 들었기에 그런 생각을 했을까?

이 책을 끝까지 본 여러분이 이 질문에 대한 답을 각기 일기장에 적을 때, 그리고 그런 이야기를 서로 공유할 때, 저는 따돌림이 없어질 가능성이 조금이나마 생기지 않을까, 조심스레 생각합니다.

2024년 가을, 평택에서

조영주

클클문고 마음을 크게, 세상을 크게

'말'이 '칼'이 되는 순간

취미는 악플, 특기는 막말

김이환·정명섭·정해연·조영주·차무진 지음 | 13,000원

성장통 이후에 깨닫는 나다움의 의미

어느 날 문득, 내가 달라졌다

김이환·장아미·정명섭·정해연·조영주 지음 | 13,000원

나를 즐겁게 하는 것들과 나 사이의 적정 거리

자꾸만 끌려!

김이환·장아미·정명섭·정해연·조영주 지음 | 13,000원

너무 힘들 때, 나를 보호해줄 유리가면이 있을까?

유리가면

조영주 지음 | 13,500원

엄마가 좀비가 된다면 어떻게 할래?

엄마는 좀비

차무진 지음 | 13,500원

모두에게 익숙한 소년과 처음 만나는 나 사이

보이 코드

이진·전건우·정해연·조영주·차무진 지음 | 13,500원

개인 맞춤형 메타버스 학교부터 우주 도시의 혼합 학교까지

100년 후 학교

소향·윤자영·이지현·정명섭 지음 | 13,500원

엄마까지 사라져버린 이 세상은 어떻게 돌아가는 거야?

엄마가 죽었다

정해연 지음 | 13,500원

나쁜 감정을 수거하는 '비밀의 상자'가 있다면?

마음 수거함

장아미 지음 | 13,500원

꿈을 향해 노력하는 우리들을 위한 '나를 믿는 힘'에 관하여

내 인생의 스포트라이트

정명섭·조경아·천지윤·최하나 지음 | 13,500원

지구멸망 D-9, 희망은 아직 존재한다

나와 판달마루와 돌고래

차무진 지음 | 13,500원

열다섯의 인생을 바꿀 마법 같은 사건과의 만남

점퍼

고정욱 지음 | 13,500원

(생각학교 클클문고)

내 친구는 나르시시스트

초판 1쇄 인쇄 2024년 11월 8일
초판 1쇄 발행 2024년 11월 15일

지은이 | 조영주

발행인 | 박재호
주간 | 김선경
편집팀 | 강혜진, 허지희
마케팅팀 | 김용범
총무팀 | 김명숙

디자인 | 석운디자인
일러스트 | 백초윤
종이 | 세종페이퍼
인쇄·제본 | 한영문화사

발행처 | 생각학교
출판신고 | 제25100-2011-000321호
주소 | 서울시 마포구 양화로 156(동교동) LG 팰리스 814호
전화 | 02-334-7932 **팩스** | 02-334-7933
전자우편 | 3347932@gmail.com

ⓒ 조영주 2024

ISBN 979-11-93811-32-0 (43810)